VIRGILE, NON

DU MÊME AUTEUR

L'OPOPONAX, *roman,* 1964.
LES GUÉRILLÈRES, 1969.
LE CORPS LESBIEN, 1973.
VIRGILE, NON, *roman,* 1985.

Aux Éditions Grasset

BROUILLON POUR UN DICTIONNAIRE DES AMANTES,
en collaboration avec Zeig Sande, 1976.

Aux Éditions P.O.L

PARIS-LA-POLITIQUE ET AUTRES HISTOIRES, 1999.

Aux Éditions Balland

LA PENSÉE STRAIGHT, 2001.

MONIQUE WITTIG

VIRGILE, NON

LES ÉDITIONS DE MINUIT

ISBN 978-2-7073-1021-7

I

Les aires sont dépourvues de toute ornementation. Le sable passe en lames fines et dures sur les surfaces battues. Celle qui se dit mon guide, Manastabal, marche en avant de moi. Encore heureux qu'on n'ait pas à porter des tuniques pour entreprendre ce voyage tout ensemble classique et profane car elles seraient en un instant arrachées par le vent. Au lieu de ça, la tenue et la démarche de Manastabal, mon guide, ont quelque chose de familier. Sa chemise gonflée lui claque autour du torse et des bras. Le vent plaque ses cheveux contre son crâne dont la forme est visible. Elle a les mains dans les poches de son jean et marche comme dans un film muet. J'ai beau voir quand elle se tourne vers moi qu'elle émet un sifflement avec ses lèvres, je ne peux pas l'entendre. La bandoulière du fusil presse sur la base de mon cou et dans le creux de mes omoplates. Il ne m'est pas permis de savoir par le cours de la marche si on suit une direction définie. L'espace est si plat qu'il donne à voir la circularité de la planète à l'horizon. On semble donc marcher exactement au milieu de la terre. On suit en effet le chemin qu'il faut prendre pour aller en enfer puisque c'est là que, selon elle, Manastabal, mon guide, me conduit. Comme le vent persiste et s'accélère, on marche au ralenti en s'appuyant de tous les muscles contre le volume de l'air, trop heureux de n'avoir pas les membres arrachés. J'ouvre la bouche pour demander si c'est encore loin là où on va, la rafale s'y engloutit, empêchant tout son de passer. Enfin je parviens en forçant l'allure à rattraper Manastabal, mon guide, et à poser un bras sur ses épaules. On s'arrête alors et se regarde face à face. On a des traits distordus par la pression de l'air et ce n'est pas un sourire que forment les lèvres écartées des gencives. Qu'attend-elle ? Va-t-elle me prendre sur ses épaules pour me faire faire le passage ? Mais le passage de quoi ? Il n'y a pas de fleuve ici. Il n'y a pas de mer.

II

(Il n'y a rien où on va, Wittig, du moins rien que tu ne connaisses déjà. On va bien dans un autre monde comme tu crois, mais le soleil l'éclaire tout comme celui d'où on vient. Et il te faudrait des trésors d'ingéniosité pour faire passer pour héroïques les soupirs, les cris de douleur, d'angoisse, de terreur et d'incertitude qui s'y poussent. Les âmes damnées que tu vas rencontrer sont vivantes même si elles font des vœux ardents pour ne plus l'être. Elles sont anonymes et je te défie bien de leur trouver des particularités propres à leur fabriquer un manteau de gloire. Pour elles, l'horreur et l'irrémissibilité de la souffrance ne sont pas causées par l'ignominie des actions. Je t'emmène voir ce que partout on peut voir en plein jour.)

À son discours, tous les cercles de l'enfer réunis s'ouvrent et du gouffre ne parviennent qu'une lumière glauque et des gémissements si horribles qu'on n'ose pas en deviner la nature. Mes genoux flanchent aussitôt et je dis :

(S'il en est ainsi, inutile d'aller plus loin.)

Le sable du désert s'aplatit en lames de faux régulières et incessamment balayées. Je lutte contre le vent pour garder l'équilibre comme Manastabal, mon guide, parle en ces mots :

(Si je te comprends bien, Wittig, la peur te donne comme un coup sur la tête et t'emplit de lâcheté. Crois-tu que tu puisses te détourner de ce voyage nécessaire. Sache donc que je suis ici avec toi sur la recommandation de celle qui t'attend au paradis et s'est mise en peine de te voir si mal embarquée pour l'enfer. Voici l'objet qu'elle m'a donné en gage.)

Je reconnais le flacon d'éther que celle qui est ma providence m'a donné autrefois comme un remède en de certaines extrémités. C'est ce même objet qu'elle m'envoie en m'engageant à aller de l'avant afin de la retrouver au bout du chemin. Ses paroles, telles que Manastabal, mon guide, me les transmet, claquent comme des coups de fusil contre le volume de l'air, vrombissant autour de mes oreilles, galvanisant mes muscles. S'il le faut donc j'irai jusqu'au bout de l'enfer pour retrouver de l'autre côté au milieu des anges celle qui m'a donné le goût du paradis par ses bienfaits. Je dis donc à Manastabal, mon guide :

(Guide-moi, je ferai de mon mieux pour te suivre. Qu'il pleuve ou qu'il vente, qu'il neige ou qu'il grêle, qu'il tonne ou qu'il fasse une chaleur à crever, j'irai. Je n'aurai pas besoin que tu me portes sur ton dos, comme il est de tradition pour ce genre de passage. Même au contraire je pourrai te porter un peu si besoin est.)

À ces mots, Manastabal, mon guide, émet un rire qui claque mes nerfs désagréablement. Se pourrait-il qu'on soit déjà en enfer ? Mais non, je ne vois autour que poussière et tourbillons de vent qui s'y ruent.

III

J'épaule mon fusil pour m'entraîner. Je ne vois pas de cible possible, sauf à prendre pour telle l'énorme rouleau de sable qui à l'horizon s'approche, poussant devant lui des entassements de branches sèches, roulées elles aussi dans la forme d'énormes balles de laine. Outre que la cible est trop éloignée, elle se déplace également trop vite pour qu'il soit possible de prévoir une ligne de tir. C'est pourquoi je m'exerce au maniement rapide de l'arme, la saisissant d'une main, de l'autre relâchant le magasin à balles, le rechargeant, épaulant, pressant sur la gâchette, tirant au hasard dans la direction du nuage ocre, arrêtant brusquement de tirer de peur que le vent ne rabatte la balle sur ma figure. Un aigle des sables descend en tournant au-dessus de ma tête. Il ne semble pas empêché de voler par les tourbillons contradictoires du vent qui se heurte soi-même. Son vol est régulier et puissant comme il se doit pour un aigle. L'apparition de l'aigle est bienvenue tant il me semble qu'il y a des siècles que je n'ai pas vu âme qui vive. Manastabal, mon guide, ne revient pas. Pour regarder dans la direction d'où elle est partie, je détourne mes yeux de l'aigle qui en profite pour fondre à la hauteur de ma figure et s'apprête à m'attaquer. Comme il est tout près de moi maintenant, il est trop tard pour épauler mon fusil et viser. Je me

11

contente donc de tirer en l'air pour faire fuir l'aigle. Au lieu de ça il devient enragé et se précipite sur moi, ailes déployées, serres tendues, bec ouvert, disant :

(Vas-tu arrêter ce jeu imbécile avec ton fusil et tes balles ou faut-il que je te laboure la figure de telle sorte qu'aucune de tes amantes ne puisse plus te reconnaître ?)

Je voudrais lui poser des questions mais à la place je lui tape sur le corps de toutes mes forces avec la crosse de mon fusil. Le choc rend un son creux et métallique. L'aigle tombe à terre dans un bruit de ferraille, ses ailes sont agitées de soubresauts mécaniques tandis que la voix enrayée d'un automate répète au ralenti les mêmes phrases :

(Que tu le veuilles ou non, Wittig, l'esclavage a la voix enrouée – ici, rire. N'essaie pas de péter plus haut que ton cul, misérable créature. Tu es née poussière et tu redeviendras poussière.)

La voix se bloque sur un couinement comme je donne à l'aigle des coups de pied répétés et que je crie :

(Ferme ta gueule, vieux radoteur. Pierre qui roule n'amasse pas mousse et le silence est d'or.)

Le robot gît à mes pieds, disloqué, enfoncé dans le sol par sa chute et mes coups, et déjà à moitié recouvert par les soulevées de sable en forme de lames de faux qui n'arrêtent pas de balayer la surface plate du désert.

IV

(Est-ce pour m'insulter et te moquer de moi que tu viens dans ce cercle, transfuge, renégate ? Tu gonfles tes biceps, tes triceps, tes dorsaux. Tu sautes sur tes cuisses et tu plies tes genoux, dans une position de combat. Tu pousses des cris d'orfraie et tu vas disant, voyez je n'en suis pas une car je ne me fais ni baiser, ni ramoner, ni troncher, ni enfiler. Tu vas t'affublant d'un nom qui n'a plus cours depuis deux mille quatre cents ans. Tu me le balances à la gueule comme un miroir à alouettes. Crois-tu donc que je ne vois pas le piège ? De deux maux cependant je choisis le moindre. Car mieux vaut se faire baiser, ramoner, troncher, enfiler par un ennemi qui a de quoi, que par toi qui n'en as pas. Va-t'en d'ici et laisse-moi mener ma barque comme je l'entends. Va baiser où tu appartiens et ne quitte surtout pas la rue Valencia. Va-t'en retrouver les gouines répugnantes comme même l'une d'entre elles les désigne, quoique pour moi *puantes* conviendrait mieux. Car c'est bien là tout ce que tu sais faire, lécher des culs qui ne se montrent pas au grand jour. Vole donc vers tes plaisirs, cours vers le coin de la vingt-quatrième rue pour retrouver tes pareilles. Pour la plupart d'ailleurs vous n'avez ni feu ni lieu. Ne parlons pas de la foi réciproque, elle n'existe pas chez vous. Vous n'en prétendez pas moins vouloir sortir tout notre sexe de sa servitude. Il y a de quoi mourir de rire, si ce n'est que ma bile m'étouffera avant, quand je songe que la seule chose qui vous intéresse, c'est de le corrompre tout entier, notre sexe. Crois-tu que je n'aie pas des oreilles pour entendre ? Je sais tout de la peste lesbienne qui doit selon vos dires gagner de proche en proche toute la planète. Il n'y a pas longtemps une prophétesse inspirée a vitupéré contre vous et supplié, avec des larmes sur les joues, incessamment prostrée dans des prières ardentes, rampant sur les genoux, qu'on vous empêche de corrompre les enfants dans les écoles. Avec la voix du juste, cette sainte personne a rappelé la parole sacrée selon laquelle il vaudrait mieux vous mettre à toutes la pierre au cou, infâmes créatures, et vous noyer jusqu'à la dernière, plutôt que de laisser par vous le scandale arriver.)

À ce point de leur discours, je me tiens à quatre pour ne pas les traiter de mégères, et je me souviens à temps que j'ai adopté le genre noble pour donner un peu d'éclat à notre sexe asservi, car il vaut mieux laisser à l'ennemi le soin de le traîner dans la boue, ce qu'il ne se gêne jamais pour faire. D'autant que je viens de goûter une certaine douceur dans leur hargne, leur ressentiment, pour ne pas dire leur haine. En effet ne s'agit-il pas des mêmes créatures qui, tant qu'il n'a pas encore été question du péril mauve, n'ont pas eu d'yeux quand on les a croisées dans la rue. Ce sont celles pour qui j'ai autrefois écrit : « Chiennes rampantes, pas une de vous ne me regarde.

Elles me marchent à travers. Elles me prennent à l'arrêt, saisie, réduite à une impuissance que je qualifierai d'ignoble. Un long bras nu me traverse le thorax. C'est du temps que je suis par elles un eunuque. » Leur haine actuelle donc si elle n'est rien d'autre témoigne au moins qu'on fait peur. Et si elles ont délibérément et avec la plus grande mauvaise foi caricaturé le gai avertissement qu'on appelle le péril mauve en en parlant comme de la peste lesbienne, c'est aussi, cela, l'expression d'un effroi presque sacré, soit :

(Père, père, ne me rejette pas, moi qui suis à tes genoux, jette un regard sur moi et vois que je suis exactement comme tu m'as faite. Ne permets pas que je tombe aux mains de ces maudites créatures et me perde dans les ténèbres du mal. Ne dit-on pas qu'elles procèdent à des rapts et comme si cela ne suffisait pas qu'elles droguent leurs malheureuses victimes pour pouvoir leur faire plus commodément subir les derniers (dernières) sévices (délices) – ah père, père, pourquoi m'as-tu abandonnée ?)

Aussi bien, dès qu'elles ont eu commencé, je me suis mise à marcher de long en large dans la laverie automatique, essayant mon style noble pour attirer leur attention et disant :

(Malheureuses ! Écoutez-moi !)

Mais elles ne m'ont pas écoutée. J'ai lancé mes bras vers le ciel (que j'ai pris à témoin) en criant :

(Sapho m'est témoin que je ne vous veux aucun mal

15

puisque au contraire je suis venue ici comme votre défenseur et redresseur de torts car je soupçonne que, comme les maux, ils pullulent parmi vous.)

Elles restent sourdes à mes exhortations sauf une qui pousse un grand hululement en écorchant le nom de notre grand prédécesseur dans un glapissement tenu sur le *o*. Elle est la seule du reste dont le nom chéri a touché les oreilles. Je me maudis d'avoir jeté dans cette bataille un des rares noms dont on n'ait pas à rougir. À bout, je leur crie :

(Misérables créatures, écoutez-moi !)

Mais elles, dans leur bouleversement et leur agitation, se tiennent dans un cercle qui tangue de droite à gauche, tandis que de leur bouche sort un sifflement. Comme aucun mot ne semble pouvoir atteindre leur compréhension, je me mets à poil entre deux rangées de machines à laver et je m'avance parmi elles, non pas telle Vénus sortie des eaux, ni même telle que ma mère m'a faite, mais enfin avec deux épaules, un torse, un ventre, des jambes et le reste. Je n'ai donc rien de spécial à exhiber si ce n'est la parfaite conformité humaine avec les personnes de mon sexe, une similitude des plus évidentes et banales, et je dis :

(Vous voyez bien que je suis faite du même bois que vous, nous appartenons à la même armée si ce n'est pas le même corps. Il n'y a pas à se méprendre sur mes intentions, elles sont pacifiques. C'est ce qu'ainsi je vous témoigne.)

Mais je n'ai pas eu fait un pas dans ce simple appareil qu'aussitôt elles se mettent à tourner sur elles-mêmes en s'arrachant les cheveux dans la plus pure tradition classique, telles des toupies ou des derviches tourneurs, en poussant des gémissements forcenés, certaines, je peux dire, éructant, tandis que l'une d'elles se met à crier (au viol, au viol) et à se précipiter dans toutes les directions, et, comme elle ne peut pas aller bien loin, arrêtée qu'elle est dans son élan par les machines à laver et les séchoirs électriques qui obstruent tout l'espace, après s'être cognée aveuglément contre chacun des appareils l'un après l'autre, poussée par sa seule terreur, atteint la rue par hasard en répétant la même phrase insane (au viol, au viol). Une autre dans son effroi se jette dans un séchoir qui tourne encore et fait là le plus beau charivari. Enfin il y a des chances que ces furies me réserveraient le même sort que les bacchantes à Orphée si un événement extérieur sous la forme d'une cape miraculeusement volée à un séchoir par Manastabal, mon guide, et jetée sur moi pour dérober aux regards ma nudité, cause d'après elle de tout ce chahut, ne les en empêchait. Mais elle ne va pas assez vite que je n'entende leurs cris :
(Regardez, elle est couverte de poils des pieds à la tête, son dos même est poilu.)
Je me regarde avec étonnement : c'est vrai, j'ai des poils longs, noirs et luisants qui me couvrent tout le corps, remplaçant ce qui n'était jusqu'alors qu'un duvet. Je dis donc :

(Ah, voilà qui va me tenir chaud en hiver !)
Mais déjà je les entends dire dans un nouveau hurlement :
(Regardez, elle a des écailles sur la poitrine, sur les épaules et sur le ventre.)
Je baisse les yeux vers ma personne physique une fois de plus et voilà que les poils sont derechef remplacés par des écailles dures et brillantes que je trouve du plus bel effet et qui ne vont pas manquer de resplendir au soleil. Déjà je redresse la tête, quand une d'entre elles rugit en pointant le milieu de mon corps :
(Regardez, il est long comme un long doigt. Coupez-le, coupez-le.)
Et à ce point-là, je n'ai pas le temps de vérifier la véracité de leurs dires en jetant un coup d'œil à l'objet incriminé car déjà elles se ruent sur moi. Je n'ai pas le mauvais esprit de leur dire que, pour ce qui est de le couper, elles se trompent de continent (car se moquer de son propre malheur avilit), quoique je ne doute pas une minute que ce soient leurs pareilles qui se livrent à de telles pratiques dans les pays dont ont dit que c'est la coutume et qu'une fille ne peut pas s'en passer. Manastabal, mon guide, m'entraîne dans la rue en disant :
(Eh bien, Wittig, es-tu convaincue maintenant que c'est bien en enfer que je te mène ? Vas-tu encore nier à outrance ? Et livrer bataille pour me persuader du contraire ?)
À moitié défaillante sous l'effet de la peur, soigneuse-

ment enveloppée de la cape qui dissimule ce qu'on ne saurait voir, secouée dans ma fierté, tremblante, je crie : (Dans notre propre ville, qui l'eût cru, qui l'eût dit ? Ah je t'en prie, Manastabal, mon guide, emmène-moi boire un coup, je n'en peux plus.)

V

Je regarde la liste des noms sur le tableau noir et les personnes en train de jouer. Certaines sont tout au jeu, leurs visages tournés vers la table. D'autres ne sont là debout que pour la contenance : à celles-là aucun mouvement n'échappe, ni qui entre ou sort. D'autres se servent du billard pour attirer l'attention, non pas généralement de leurs partenaires de jeu, mais de quelqu'une dans la salle ou au bar. Il est bon de porter un maillot de gymnastique pour pouvoir enlever sa chemise, soit parce qu'on a trop chaud, soit parce qu'on veut exhiber ses muscles de bras, avant-bras et épaules. Mais, pour faire montre de ses muscles ici, il convient d'abord de les développer systématiquement avec poids et haltères autant pour les besoins esthétiques que pour les besoins impératifs de la défense urbaine, principalement nocturne mais pas seulement. Je m'émerveille à regarder

celles qui en ont de compacts et lisses aux biceps. Je les vois bouger autour des tables de billard, sans hâte, faisant briller longuement sous la lumière leurs peaux noires ou dorées. À un moment donné je leur vois des halos et les oreilles me sonnent. Au fur et à mesure que la téquila que je bois sec avec du sel et du citron me ragaillardit, une impatience me vient de ne pas me lever pour aller les voir de plus près. Au lieu de ça, j'adresse la parole à Manastabal, mon guide, et je lui demande si la laverie automatique est le premier cercle de l'enfer. Elle dit :
(J'ignore, Wittig, si les cercles de l'enfer ont été dénombrés. Mais qu'à cela ne tienne, je n'ai pas l'intention de te les faire visiter dans l'ordre.)
Il me faut beaucoup d'entrain pour dire alors :
(Allons-y dans le désordre, donc.)

VI

Quoi mon souverain beau, mon souverain bien ! Il faut donc que tu prennes figure humaine pour que tout à coup je ne te trouve plus aussi abstrait. C'est pour moi un mystère aussi insondable que le mystère de l'incarnation dans la religion d'où je viens. Et comme Manastabal, mon guide, s'approche, je ne peux pas m'empêcher de lui crier :

(Dis-moi, Manastabal mon guide, depuis quand les anges ont-ils un sexe ? On m'a toujours dit pourtant qu'ils n'en avaient pas. Je peux d'ici même distinguer clairement leurs vulves quoiqu'on ne m'ait pas appris à le faire dans mon jeune âge et que par la suite on ait voulu me faire croire qu'elles étaient invisibles.)

Et comme je me suis mise à crier (c'est un miracle, Manastabal mon guide) une série de dykes ont apparu, nues sur leurs motos, leur peau brillant, noire ou dorée et l'une après l'autre elles ont sauté la colline, disparaissant dans un buisson de fleurs. Il a fallu que je leur fasse cette adresse :

(Attention, toutes les roses ont des épines !)

Et pour la première fois depuis ce voyage, j'ai entendu Manastabal, mon guide, rire. Alors j'ai su qu'on est en paradis. Ici l'air est râpeux comme du duvet de pêche et le ciel acide contre les arêtes des collines. La simple délivrance du vent incessant de l'enfer constitue en soi un bienfait. Mais ensuite il faut parler du toucher de l'air dans ce lieu béni où toutes les sortes de brise roulent et se succèdent à souhait, appuyant sur l'intérieur des oreilles comme de la ouate tiède, et de son odeur dont l'effet rend les membres élastiques, bondissant et lâches. Je demande alors :

(Manastabal mon guide, crois-tu que je pourrais voler ?)

Et elle, mon guide, le paradis lui seyant dit :

(On ne devient pas un ange à ce point.)

Mais moi je me sens si légère que je ferme les yeux de peur de découvrir que ce n'est qu'un rêve car, même quand j'étais un petit enfant ignorant, je n'ai jamais connu un tel bien-être. Je souhaite qu'il dure toujours comme il se doit dans un tel lieu. Alors Manastabal, mon guide, dit :

(Ne te méprends pas, Wittig, ce n'est qu'un répit, n'oublie pas qu'il faut bientôt retourner en enfer.)

Je me déferais bien en petits morceaux si la douleur existait à cet endroit. Je dis :

(Puisque j'ai tout oublié, Manastabal mon guide, dis-moi, comment a-t-on atterri ici ?)

Manastabal, mon guide, reste un long moment sans rien dire. Je regarde ses cheveux voler. Enfin elle dit :

(On dirait dans tes mots que c'est au moyen de la compassion. Mais, comme tu sais, c'est un mot qui a perdu tout son sens. Vois donc par toi-même ce qu'il en est.)

Et moi :

(Ah Manastabal mon guide, je vois que je ne me suis pas trompée. C'est le mystère de l'incarnation. Mais je t'en prie, parle davantage.)

Manastabal, mon guide, d'ordinaire d'aspect statique, a les membres déliés et les muscles folâtres. J'ai peine à arrêter son attention. Assez soudainement elle dit :

(Il faudra bien trouver les mots pour décrire ce lieu, sous peine de la disparition brutale de tout ce que tu vois.)

Et moi de m'étonner :
(Tu veux dire que ce n'est pas fait ?)
Elle dit :
(Regarde autour de toi, pèse l'air qui te touche, respire
le vent, remplis tes yeux des formes des masses et des
couleurs. Quel mot te vient à l'esprit ?)
Et moi assez piteusement :
(Beauté.)
Son rire fond comme le lancer d'un oiseau à terre et elle
dit :
(On n'en a pas pour longtemps. Serre les voiles, Wittig,
l'enfer est proche.)
Je me jette sur un jeune buisson de mimosa qui est un
des plus tendres végétaux qu'on puisse trouver et,
m'accrochant à ses branches, le nez dans ses fleurs, je
dis :
(Regarde, rien ne perd de ses qualités physiques, l'air ne
s'amollit que pour accroître l'aise. Les mots même se font
chair.)
Manastabal, mon guide, ne rit plus et, si ce n'était incon-
cevable dans un tel lieu, je jurerais que je vois des larmes
dans ses yeux. Elle dit :
(Épargne-nous, Wittig. Surtout quant au mystère de
l'incarnation et au verbe fait chair, car il y a encore loin
à aller.)

VII

L'ulliphant est sans dents et grand bien lui fasse, je l'envie, blistère ! Il dit en montrant le serpent :
(Ingérer n'est pas forcément mâcher. Et quoiqu'il en soit quand on en arrive à la digestion, la dépense d'énergie du corps est la même dans les deux cas, c'est-à-dire une perte sèche de quatre-vingt-dix pour cent.)
L'ulliphant a la même couleur que le sable du désert à l'endroit où le vent le balaie en formes de lames de faux. C'est là que l'ulliphant se tient comme un pilier soit de l'est soit de l'ouest suivant la longitude à laquelle il se trouve. Immobile, ocre, les plis arrière de ses cuisses visibles dans la chair soyeuse, l'ulliphant est massif. On peut se laisser glisser du haut en bas de sa masse douce, ça ne lui fait ni chaud ni froid. Pour dormir dans la fourrure de l'ulliphant, en attendant l'arrivée de Manastabal, mon guide, je n'ai pas besoin de couverture. À ces occasions l'ulliphant a généralement une histoire à raconter tandis que je regarde par en dessous sa figure levée à la forme à la fois d'ours et de souris. La dernière en date a pour sujet l'existence matérielle du paradis. L'ulliphant, partant du principe cartésien qu'on ne peut concevoir que ce qui existe, en déduit la réalité physique absolue du paradis.

(Et non pas, Wittig, une existence abstraite et de pure imagination qu'on conçoit par éclairs, ce qui est ton cas.) L'ulliphant raconte donc qu'il y a de l'autre côté du soleil une planète jumelle de la terre. C'est là qu'à l'en croire se situe le paradis, tandis que la terre c'est l'enfer. Comme il se trouve en opposition et tourne autour du soleil dans le même axe, à la même distance, à la même vitesse et comme, de même que la terre, il accompagne le soleil dans son ellipse (avec pour dernier trait physique qui n'a pas à voir avec le sujet que chacune des deux planètes tourne également sur elle-même), le paradis est à chaque instant caché de la terre et vice versa. Je me retiens de demander à l'ulliphant s'il n'est pas abstrait de faire découler la réalité physique d'une planète de sa possibilité de principe, de peur qu'il me dise que je n'ai rien compris à Descartes et me fasse une exégèse (que l'ulliphant m'épargne à cette heure !). Bien m'en a pris, car, quand je m'endors après avoir entendu l'histoire de l'ulliphant, je rêve que je me réveille sur la planète jumelle de la terre. Le ciel, la mer, la lumière brillant éclatant bougeant formant et déformant ses éléments d'ombre et de couleur, enserrent de toute part la côte, falaises et plages, noire de boue, non finie. Un pin parasol pousse dans l'eau à quelques pas du bord. Et, comme je me tiens immobile un long moment à le regarder, à un moment donné l'arbre se penche et d'un seul mouvement plonge tout d'un coup sa cime et ses branches latérales dans la mer. Toute sa coupole y passe. Puis il se redresse et recommence plusieurs fois. C'est la seule fois que j'aie jamais vu un arbre se baigner. Mais l'ulliphant refuse de décider s'il s'agit du paradis de son histoire et maugrée :

(Comment diable le saurais-je ? Ici, Wittig, le paradis est à l'ombre des épées et la paix au bout de la lance. Et si j'ignore de qui est la première proposition, je sais comme toi que la deuxième appartient à Jeanne d'Arc. Où est ton fusil ?)

Et moi :

(C'est bon, l'ulliphant, je la boucle.)

Comme chaque fois que je me trouve de guet à cette heure dans le désert, je démonte mon fusil pour le nettoyer, canon, culasse, magasin de balles, aussi bien les parties extérieures que les parties intérieures, je les huile avec l'huile de ma gourde de ceinture et je les polis. Le soleil se lève. L'ulliphant réchauffé se rendort.

VIII

Laisses tendues, les amateurs s'approchent doucement en faisant pst, pst. Si un groupe d'âmes damnées se présentent, un isolé d'entre eux n'hésite pas à s'appro-

cher avec sa laisse en les dévisageant toutes et en disant
d'un air engageant :
(Vous êtes toutes seules ?)
Éberluées, elles perdent du temps à considérer comment
elles peuvent être seules tout en étant un si grand
nombre. Mais il se contente de retrousser ses babines et
de ricaner, sa laisse tendue à bout de bras, allant sus à
la plus proche. Elles ne bougent pas d'un pouce et ne
montrent aucune intention de lâcher le terrain. Ce qui
fait que quand il passe sa laisse autour du cou de l'une
d'entre elles en tirant de toutes ses forces, personne ne
réagit sauf la pauvre victime qui hurle comme un cochon
qu'on saigne. Il est trop tard pour riposter, le quidam
sort son revolver et protège son recul, tandis qu'il tire de
l'autre bras sur la laisse. La victime ne se laisse pas faire
et se débat de toutes ses forces qui sont grandes.
Cependant, après deux ou trois évanouissements, suffo-
quant, la langue sortie, les yeux exorbités, elle renonce
à lutter. Les autres pendant ce temps poussent des cris
de panique et, au lieu d'attaquer en bloc l'ennemi, elles
essaient de fuir. Mal leur en prend car elles ne courent
que pour mieux se jeter dans les bras de nouveaux
amateurs tout prêts avec leurs laisses. Et il n'aura servi
à rien d'avoir été sur les lieux comme, pas plus que
Manastabal, mon guide, je n'ai eu le temps d'entrer dans
l'action. C'est tout juste si on a pu se lever de la table du
café à la terrasse et se poster derrière une des colonnades
entourant la place. En un clin d'œil, la place est nettoyée

et à présent on peut les voir déambuler avec leurs laisses, comme à la promenade. En voici un qui passe, poussant la pauvre créature devant lui, la forçant à avancer. S'il marche à sa hauteur, c'est pour la tenir à la nuque. Un autre vient en sens inverse, traînant sa prise derrière lui, sifflotant, tirant parfois sur la laisse d'une main qu'il ne dégage même pas de sa poche, faisant trébucher la malheureuse, ne l'amenant jusqu'à lui que pour lui mettre la main au panier. Les promeneurs apparaissent en plus grand nombre. Ils se croisent. Ils se saluent. Ils s'arrêtent pour examiner ce sur quoi ils ont mis le grappin, ils glosent, ils touchent l'encolure. Ils se félicitent et se font de grandes claques dans le dos. Ils débattent des bons et des mauvais procédés du dressage. Ils pouffent et s'étranglent de rire en relatant des histoires où la facilité et l'ineptie de ces gourdes qui n'y voient que du feu ne cessent de les mettre en joie. Ne sont-elles pas en ce moment même en train de se disputer la palme ? On en entend une crier :
(Mais si ça me plaît, à *moi*, d'être en laisse !)
Une autre se flatte tout haut d'être fessée tandis qu'une troisième se réjouit tant et plus d'être bourrée de coups de pied. Un promeneur débouche soudain sur la place avec à bout de bras deux d'entre elles et tout fier et faraud s'en va sans regarder personne. Et comme j'en vois un s'avancer avec une harde qui en contient six, j'ai mon plan et je prie Manastabal, mon guide, de me laisser agir en lui jurant bien que les choses vont se corser. Avant

qu'elle ait le temps de me retenir, je me dirige vers le premier venu qui passe tout guilleret avec, dans sa laisse, une seule d'entre elles, et je lui demande tout à trac s'il est possible d'être aussi démuni qu'il l'est alors que d'autres en ont tant qu'ils ont besoin de hardes pour en disposer. Mon insinuation se disperse à la vitesse de l'éclair et, de proche en proche elle gagne tous les promeneurs, semant la zizanie parmi eux. Déjà ils lâchent leurs laisses pour en venir aux mains et roulent dans la poussière. Des coups de feu éclatent. Il n'y a pas de temps à perdre pour débarrasser de leurs laisses celles qui s'y sont laissé prendre. Elles ne sont pas longues à s'en dépêtrer d'elles-mêmes. Et comme Manastabal, mon guide, vole à la rescousse, on vient à bout des emmêlements de celles qui sont attachées à plusieurs. Enfin c'est sous les balles qu'on se fait la malle, chacune de son côté, non sans s'être donné un point de ralliement.

IX

Les âmes damnées sont toutes groupées dans un vaste ring où elles déambulent avec nonchalance. Elles ne semblent pas concernées par ce qui se passe dans la salle.

29

À un moment donné elles arrêtent leur va-et-vient et s'appuient contre les cordes du ring. Il me semble qu'elles bougent comme sous l'effet d'une forte drogue. Quelques-unes sont en short, d'autres ont des jeans. Certaines portent des robes de soirée. Leur nombre s'accroît car de temps à autre une nouvelle arrivante est escortée jusqu'au centre de la salle. Les spectateurs portent tous une robe lâche qui les recouvre des épaules aux pieds tandis qu'ils se dissimulent la figure avec un pan de leur voile de tête. Aussi bien c'est sous ce costume que Manastabal, mon guide, et moi-même on se tient pour ne pas se faire remarquer. Aucun signal n'est échangé car les âmes damnées sont vendues aux enchères sans que le marché soit ouvert. Les nombres et les chiffres, les montants de leur valeur en argent, circulent sous le manteau et sont remis de main en main. Quand les figures ont atteint un plateau, les âmes damnées sont distribuées. Mais même en se démanchant le cou il est impossible de savoir à qui, tant tout est subreptice, feutré, silencieux, furtif, glissant et les lumières tamisées. Je serre mon fusil sous ma cape et le tiens contre ma hanche. Il n'est pas certain pourtant que j'aurai l'occasion de l'utiliser car l'adversaire doit être lui-même bien armé. Manastabal, mon guide, dit :
(Il n'est pas question de tirer ici, Wittig, à moins que tu veuilles servir de cible et finir sur le ring à ton tour.)
Je demande donc à Manastabal, mon guide, ce qu'elle compte faire. Elle répond :

(Payer.)

En effet pendant que j'ai été en proie à l'indignation et au désespoir, Manastabal, mon guide, a travaillé sous le manteau, comme tout un chacun. Et ses dollars sont bons car c'est elle l'acheteur clandestin que j'ai essayé de repérer en me tordant le cou. Comme personne ne doit savoir le nom du gagnant, Manastabal, mon guide, s'en sort haut la main avec tout le lot d'âmes damnées, à présent libérées. Mais il faut encore sortir en ordre sans se faire arrêter à la porte, car ils sont nettement en surnombre. Il est vrai que les manières de Manastabal, mon guide, en imposent. Mais je ne jurerais pas que le canon de mon fusil visible par l'ouverture de ma cape n'aide pas également. On se dirige donc à la queu leu leu vers le désert, là où les lames de faux sont formées par le vent et où Manastabal, mon guide, ordonne une halte pour permettre à celles qui marchent dans leur sommeil de faire une sieste avant qu'on se dirige vers les limbes.

X

Quand le train entre en gare, les pauvres créatures se ruent hors des marchepieds, quelques-unes même vont la tête la première. Elles sont si nombreuses et elles se

31

poussent si fort que quelques-unes, projetées en avant trop brusquement, tombent entre les roues du train, sont lentement écrasées et poussent des cris affreux tandis que la locomotive avance sur la fin de sa course. Pas une âme pourtant ne semble s'inquiéter de leur sort. Chacune est prise d'agitation, de fièvre, de tremblement de la tête aux pieds. Les regards sont fixes et s'attachent devant soi. J'ai déjà vu cette fixité du regard à des groupes de poules en train de picorer. De même qu'il y a eu des écrasées, il y a aussi des piétinées, car le mouvement général de la foule, qui est pourtant toute en proie à la même hâte, ne semble pas assez rapide pour celles qui se trouvent à l'arrière et dont l'empressement semble si fort qu'elles sont prêtes à piétiner tout ce qui se trouve sur leur chemin : proches parents, enfants même aux cris desquels elles restent sourdes. L'entreprise de nettoyage affectée aux voies de chemin de fer envoie pour chaque train une équipe spéciale qui balaie les têtes, les membres arrachés, les troncs, et ce qui reste est ramassé par une machine qui suit à quelque distance. Nulle ne peut me dire comment on dispose de ces restes humains. Le cours de l'action s'accompagne des bruits les plus divers, des exclamations, des onomatopées, des gémissements, des cris de douleur, des cris de colère, des cris de dispute. Mais le pire est encore le marmottement incessant qui vient aux lèvres sans discontinuer à partir du moment où le train entre en gare. Son caractère affreux tient au fait qu'il se produit sur autant de lèvres à la fois, car, si les

mots diffèrent, le sens et la forme du marmottement sont les mêmes. Je me tourne vers Manastabal, mon guide. Mais elle n'est pas à mes côtés et mon regard n'embrasse que monceaux de troncs sanglants, têtes écrasées, bras et jambes démantelés. Je n'ai que le temps de porter à mon nez le flacon d'éther que celle qui est ma providence m'a donné comme un remède en de certaines extrémités. Je la remercie du fond du cœur et, comme je reviens à moi, je vois Manastabal, mon guide, approcher, entourée d'un rassemblement de quelques âmes damnées qu'il va me falloir interroger. Je fais quelques pas en chancelant dans la direction de leur groupe pour mettre le charnier derrière moi. Manastabal, mon guide, me regarde et m'adresse ces paroles :
(C'est une lesbienne de papier qu'il m'a été donné d'escorter dans les gouffres de l'enfer. Qu'il pleuve ou qu'il vente, rappelle-toi. Qu'il neige ou qu'il grêle, qu'il tonne ou qu'il fasse une chaleur à crever, tu iras.)
Alors je me déplace latéralement pour lui montrer ce que je lui cache derrière mon dos. Et elle reste à regarder les objets rouges dispersés sous la verrière vide blanche blafarde. Le visage de Manastabal, mon guide, est privé d'expression. Voici ce qu'elle dit :
(Wittig, il n'y a pas d'autre chemin pour atteindre le paradis où tu veux aller. Tu iras donc jusqu'au fond de l'enfer avant de parcourir de l'autre côté le chemin des limbes et alors seulement tu pourras te diriger vers le but où tu aspires. D'autres en grand nombre s'y sont essayé

33

avant toi. Parmi celles qui n'ont pas pu se déterminer à continuer, certaines ont rebroussé chemin quand il en était encore temps, d'autres sont tombées dans l'abîme que tu vois devant toi. Il y en a un certain nombre qui a réussi à atteindre le but.)

Pendant son discours je fais de mon mieux pour dissimuler que je suis moi-même ivre de nausée. Je dis :

(Je ne peux pas jeter le blâme sur celles qui, m'ayant précédé, ont rebroussé chemin. Et je compatis avec celles qui se sont jetées dans l'abîme à tel point qu'il faut que tu me retiennes, Manastabal, mon guide. Quant à celles qui ont réussi, ne me cache pas leurs noms afin que je reprenne courage. Non pas que je ne croie qu'elles me surpassent en force et en constance, car tel est bien le cas et à bon escient elles ont pris le chemin de la Cité. Mais il est bon de savoir que des êtres faits de chair comme moi ont pu surmonter l'angoisse, les affres et la vue des souffrances. Si, toi, Manastabal, mon guide, tu les as déjà guidées elles aussi sur ce chemin, ne me cache rien de vos péripéties.)

Une fois de plus j'ai la malchance insigne mais à présent familière de la contrarier et je l'entends s'exclamer :

(Que cherches-tu à savoir ?)

Je ne lui dis pas que je me serais contentée du doux Virgile dans cette aventure. Mais je ne peux pas m'empêcher de lui poser cette question :

(Comment fais-tu pour garder un visage serein et calme au milieu de tant d'infortune, Manastabal, mon guide ?)

Elle dit :
(La compréhension après un long exercice va au-delà des
accidents subis et travaille aux moyens disponibles pour
arrêter ici et maintenant le procès en cours. Le malheur
qu'on veut faire cesser n'arme-t-il pas ? Ne produit-il pas
des bras par milliers, des dents serrées, des regards
calculateurs, des muscles en alerte ? Se pâmer, gémir,
gesticuler ou vitupérer même font montre de beaucoup
de sentiment. Mais cela ne me suffit pas. C'est pourquoi
je suis ici avec toi. T'attends-tu, Wittig, à ce que je me
donne en spectacle ? Ah, regarde plutôt.)
Ce que Manastabal, mon guide, me donne à voir, ce sont
les âmes damnées qui se tiennent un peu en retrait, avec
l'air d'avoir oublié ce qu'elles font là, arrêtées sur place
dans leur mouvement mécanique, marmottant et dode-
linant de la tête, et à un moment donné le marmottement est si fort qu'il recouvre le dialogue. Il n'y a pas
moyen d'atermoyer, il faut en venir aux âmes damnées.
C'est à moi qu'elles s'en prennent, suivant le schéma
habituel, et il me faut passer par les insultes que voici :
(De quel droit, étrangère, me fais-tu perdre mon temps,
toi qui n'as que faire de tes dix doigts – voire... – ? Ne
vois-tu pas le temps que déjà je perds avec l'arrivée du
train ? Ne vois-tu pas que dès l'arrivée du train, dès lors,
je suis en retard ?)
L'une d'elles, sortant une grosse montre ronde de sa
poche, la regarde et dit :
(Dix minutes de plus que le retard du train.)

Et ce disant elle se met à pleurer à chaudes larmes. Mais comme j'essaie de la réconforter elle me crache à la figure en criant :

(Tu viens de Castro, ça se voit à ta gueule. Ah la vie gaie ! Je n'ai même pas une minute à moi pour la regretter.) Moyennant quoi elle se remet à marmotter, lèvres pincées, regard fixe. Et après que j'ai écouté toutes les assistantes, l'une après l'autre, je reste avec dans l'oreille un discours identique. À la différence des autres cercles de l'enfer où l'hostilité à mon égard ne désarme pas, les assistantes ici oublient qu'elles sont en train de m'injurier au moment même qu'elles l'entreprennent. Derechef leur pénible marmonnement reprend. Il leur fait branler la tête et sucer leurs gencives dans un bruit hideux. Et si j'élève la voix pour m'imposer à leur attention, elles gémissent alors, elles disent :

(Pourquoi me persécutes-tu ainsi ? Ne vois-tu pas que je suis désespérément occupée. Va te tourner les pouces au septième ciel si tu peux. Moi je n'ai pas ce privilège.) Ce que j'arrive à tirer de sens de leur ressassement est littéralement horripilant. Les cheveux se dressent sur ma tête et les poils sur mon corps. Je m'émerveille de voir des automates à ce point réussis et de les entendre mâchonner incessamment des listes d'obligation toutes plus serviles les unes que les autres. Servir, servir, servir, c'est tout ce qui les occupe et leur état somnambulique est à peine interrompu par mes hurlements. Ma poitrine pour le coup pète de douleur. Je demande à Manastabal, mon guide, s'il n'existe pas de limite aux opérations serviles. À la fin n'y tenant plus, et malgré que Manastabal, mon guide, me signifie de me modérer, j'explose et je dis :

(Avouez au grand jour, misérables créatures, que pour mieux mener à bien vos corvées vous n'avez pas hésité à écraser, piétiner à mort, démanteler vos semblables, ni à transformer ce hall de gare en charnier. Ah on peut dire qu'être serves, c'est être criminelles ! Et comme si l'empressement à les accomplir ne suffisait pas, il vous faut sans cesse ressasser les corvées dans leur détail, soit telles qu'elles ont été faites, soit telles qu'elles sont à faire. Se peut-il que vous soyez tellement enfoncées dans de la chair esclave qu'aucun bruit du dehors ne puisse plus vous parvenir ? Allez donc pourrir en masse sous les roues des locomotives !)

Sur ce, je m'éloigne à grandes enjambées sans me retourner une seule fois pour regarder si Manastabal, mon guide, me suit, avec le chagrin de constater qu'aucune clameur de révolte, aucune protestation même n'ont répondu à mes dures paroles.

XI

Je suis assise avec Manastabal, mon guide, au bord du
fleuve Achéron. L'eau dans laquelle on trempe les pieds
est chaude. Il s'en dégage des vapeurs de soufre qui
forment des nuages ocre à la surface de l'eau et dans les
champs où apparaissent par éclairs des chevaux. J'inhale
jusqu'au fond des poumons pour étourdir ma colère et
mon tourment. Manastabal, mon guide, dit :
(Tu as fait preuve d'un manque d'éthique absolu avec les
âmes en détresse de la gare centrale. Je te guide dans
l'enfer au mieux de ma connaissance et avec la tienne en
vue. Mais cela ne te donne aucun droit d'écraser de ton
jugement les âmes qu'on rencontre. Tu peux, si tu veux,
et même plutôt dix fois qu'une, te réjouir d'avoir déserté
et d'être marronne comme la châtaigne, et te dire que
c'est bon. Moi-même je me félicite de chaque jour qui
me voit libre. Tant qu'on a pareil privilège néanmoins,
il sied peu de s'en servir pour enfoncer davantage les
infortunées créatures qui en sont privées. Car c'est un
privilège si exorbitant qu'il faut se le faire pardonner et
on ne peut aborder les âmes damnées que parce qu'on
a pour but de les faire sortir de l'enfer et d'y réussir, coûte
que coûte. Et à ce faire c'est aussi bien pour soi qu'on
travaille comme il n'y a de liberté que précaire et que son
maintien est à ce prix.)

À ces mots, la colère me prend car ils me remettent en mémoire les grappes humaines sur les marchepieds des trains et les monceaux de cadavres. Je dis :

(Tu en parles à ton aise, Manastabal mon guide. Comme toujours tu es très calme et mon étonnement est grand de le constater une fois de plus. Pour moi, je suis ainsi faite que la servilité ne rencontre pas la moindre compréhension chez moi. Je la vomirais pour chacune de celles qui la pratiquent, si je pouvais me mettre à sa place. À défaut de quoi, il me faut contenir la violence qui me pousse à malmener physiquement des âmes qui n'en ont plus que le nom. Et bien souvent je leur souffle tant dessus pour les réanimer que, je te le jure, Manastabal mon guide, il me sort de l'air chaud par les narines. Tu as beau argumenter, je soutiens qu'il vaudrait mieux pour elles être mortes. Oui, la mort est une délivrance quand la déchéance atteint ce degré.)

Il faut croire que Manastabal, mon guide, se plaît à pousser la logique au bout de son rouleau car elle dit :

(Eh bien, que te chaut de les voir mortes ?)

Et moi :

(Faut-il pour autant qu'elles finissent de cette façon ? Les abattoirs feraient du meilleur boulot. As-tu entendu les cris ? As-tu bien vu les tronçons de corps, ces restes hideux à demi dévorés par les chiens ?)

Je me mets à claquer des dents comme je parle ainsi. Et peu s'en faut que ma poitrine et mon crâne ne se fendent en deux de douleur. Je ne commence pas plutôt à nager

pourtant que j'oublie qui je suis, en quelle compagnie, où et pourquoi car l'Achéron est le fleuve de l'oubli dont Manastabal, mon guide, a jugé bon que je prenne un bain. Mais je ne peux pas la remercier pour son bon procédé puisque comme je suis le fil de l'eau c'est maintenant une inconnue que je vois sur la berge marchant à ma hauteur. Et quand elle commence à me faire des signes je lui réponds de même tout en lui criant quelques phrases engageantes, car on ne sait jamais. Mais alors que je me laisse flotter sur le dos en essayant ma plus belle contenance, me voici tout à coup arrachée à l'eau, me débattant de tous mes membres en vain puisque pour finir je suis jetée sur la berge où je m'échoue. Pendant ce temps-là j'entends l'inconnue m'engueuler d'abondance. Elle dit :
(Une fois de plus tu as failli tout gâcher et même finir dans le gouffre un peu plus loin. Ne devais-tu pas plonger et ressortir aussitôt à mon appel ? J'ai assez de sauvetages sur les bras, Wittig. Épargne-moi donc. Mais ce qui m'irrite par-dessus tout, c'est de te voir faire le joli cœur à tout propos. Ah on peut dire que tu oublies vite.) L'inconnue maintenant me frotte malgré mes protestations et me fait endosser de vieux vêtements. Peu à peu pourtant la mémoire me revient au cours de l'opération avec le son rageur de ses paroles et le contact dans mes poches de mon briquet et de mes cigarettes car les vieux vêtements sont les miens. Mais la mémoire de l'épisode de la gare centrale en sort tout atténuée et en quelque

40

sorte supportable, quoique l'incompréhensibilité demeure, ce qui est à mon sens un des pires tourments.

XII

On leur fait endosser un uniforme qui les fait repérer immédiatement dans une foule comme celles à abattre. Un numéro matricule n'est pas nécessaire. Car dès que pieds surélevés, jambes et cuisses nues, de même que robe et sac à main sont vus, l'ensemble désigne du gibier. Et c'est vrai qu'il se fait contre elles des chasses à la comte Zaroff qui durent toute la nuit. Je me tiens à l'une d'elles avec Manastabal, mon guide, dans le parc de la Porte Dorée où on est de garde, elle avec son rayon laser telle l'ange à la sortie du paradis et moi avec une mitraillette. Au moindre claquement caractéristique de leurs pieds surélevés, on court de côté et d'autre. Parfois on en voit passer une au bout d'une rue de l'autre côté du parc, s'arrêtant pour regarder derrière elle, son sac à main sur la bouche, claudicante car on est loin du stacatto pressé du début de la nuit. Quelquefois on entend un cri étouffé et on n'arrive pas à identifier le lieu de sa provenance. On en trouve endormies accrochées aux grilles du parc. L'une d'elles qu'on essaie d'entraîner à l'abri, crie :

(Salopes. Fichez-moi la paix, ce que je veux c'est être payée à la fin de la nuit.)

Et on a beau lui expliquer qu'on n'est pas dans un film porno mais en direct, elle dit :

(Vous autres du fléau lesbien, vous exagérez tout, c'est bien connu.)

Je me plains amèrement à Manastabal, mon guide, en ces termes :

(On est en pleine séance de lynchage, une chasse à l'homme caractérisée. Mais il est exagéré de le *dire*.)

Il y a celles donc qui disent que c'est du flan et qui font la fleur tout le long des avenues et des boulevards en se regardant dans les glaces des vitrines allumées. Certes on ne peut pas dire que leurs rangs comprennent des Atalantes à la pelle, ni qu'en ce temps de jogging généralisé il semble y avoir parmi elles beaucoup d'amateurs, sinon elles sortiraient des sneakers de leurs poches. C'est à peine si elles s'égaillent à partir de leur point de départ et se dissimulent derrière le premier coin de rue venu. Quand les klaxons font entendre leurs signaux, l'alarme les prend, elles pâlissent, leurs genoux s'entrechoquent. Les Atalantes empotées s'envolent tout soudain telles des Mercures aux pieds ailés. Qu'est-ce qu'elles ont imaginé ? Qu'il y a des règles pour protéger le gibier et qu'il ne peut être chassé qu'à pied ? Les chasseurs sont derrière les volants de leurs bagnoles et ils ne connaissent ni impasse ni sens interdit. Tout d'abord ils s'amusent à les repérer à la jumelle car elles ont tendance à s'agglomérer et à se tenir ensemble par bandes. Ensuite, avec le viseur de leur fusil, ils établissent la distance à laquelle ils vont tirer. Mais ils ont tout leur temps comme le sport consiste d'abord dans la poursuite et ses préparatifs. Au plus fort de la nuit quand le gibier se disperse, que les chasseurs prennent peu à peu position et avancent, et que les habitants dorment, le trafic arrêté, il ne s'agit plus du même San Francisco. Les saillies du terrain dominent tout à coup, les formes des collines apparaissent avec leurs pleins, leurs déliés et leur succession, les masses d'arbre des jardins sont vues. Ce que la ville recouvre de son activité diurne, sort en relief au moment de ces chasses de nuit. On parcourt le parc de la Porte Dorée en tout sens, Manastabal, mon guide, et moi, on entreprend des courses tumultueuses, pour ne tenir au bout le plus souvent que du vent. Si quel-qu'une, ayant perdu ses escarpins, les plantes des pieds écorchées, le vêtement déchiré, se jette en travers du chemin en appelant à l'aide, on perd des heures à la secourir, car elle ne peut plus se porter. On traite avec une unité alors qu'il y a des centaines en jeu. Certaines, ne se doutant pas de ce qui les attend, se mettent sur le parcours des voitures pour en avoir fini au plus vite, sans avoir à se fatiguer. Et il est impossible de les faire décaniller. Les chasseurs, eux, entendant mener une poursuite, n'hésitent pas si besoin est à la forcer et, sortant de leurs véhicules, ils les contraignent à coups de fouet ou à coups de revolver dans les pieds à courir. Les

lamentations qu'elles émettent me coupent les jambes et Manastabal, mon guide, doit me pousser sur le côté pour que je n'aille pas me jeter dans la trajectoire de la chasse. Elle me fait asseoir sur un monticule herbeux et me laisse sangloter tout mon saoul. Je lui demande :
(Manastabal mon guide, dis-moi, que va-t-il leur arriver ? Vont-elles être tuées toutes ?)
Et elle :
(Il peut arriver qu'elles ne soient pas mortes. C'est pourquoi il est souhaitable que tu reprennes des forces car il faut aller leur porter secours.)
Galvanisée par les paroles de Manastabal, mon guide, je saute sur mes pieds et je dis :
(Ne perdons pas de temps.)
C'est alors seulement que je vois la foule croissante par laquelle on est rejoint sortie des maisons pour aller porter secours aux blessées. En un clin d'œil les secours s'organisent à moto, en bagnole, en camion. À côté des conductrices, il y a des fusils et même des mitraillettes. Déjà les coups de feu retentissent comme on parcourt une fois de plus les allées du parc de la Porte Dorée en braquant des lampes de poche dans toutes les directions.

XIII

Manastabal, mon guide, dit :
(Pour avoir quitté l'enfer, Wittig, tu n'as pas encore
atteint le paradis, il s'en faut. Car ici ce sont les limbes,
c'est-à-dire un lieu intermédiaire qui tient à la fois de
l'enfer et du paradis. Autant il est beau que ce lieu, tout
réduit qu'il soit, existe, autant la concurrence est grande
pour y entrer et la faim règne en ces lieux. Celles qui y
vivent donc ne sont pas des anges mais des affranchies
qui pour prix de leur liberté jeûnent. C'est te dire si leur
humeur s'en ressent et il leur arrive de s'entretuer dans
leur exaspération et impuissance. Néanmoins leur courage est grand et grande leur endurance même, quand
elles n'ont pas d'autre choix que de vivre comme des
bandits.)
Je dis, l'interrompant :
(Manastabal, mon guide, n'en dis pas plus. C'est à moi
à faire leur louange et à dire que toute beauté de geste
et de corps y étant aussi bien que la force, il ne leur
manque rien pour être anges en paradis s'il advient. Ah
Manastabal mon guide, tu le sais, il y en a de toutes sortes
et des plus remarquables. Il y a celles qui vont la tête
rasée avec au front gravé la sorte de menace qu'elles sont.
Il y a celles qui s'avancent les épaules ceintes de cuir noir
avec dans leurs manches des couteaux. Il y a celles qui
portent des vêtements cloutés et des lames aiguisées sur

45

le devant de leurs bottes. Il y a les maffiosi dans leurs costumes sombres, des revolvers à leurs baudriers.)

Mais j'en passe, car Manastabal, mon guide, ne partage pas mon enthousiasme et même elle est muette. Enfin elle dit :

(Tu parles de gestes, de vêtements, de contenance. Tu célèbres la beauté louche des bandits et tu t'enorgueillis d'être de leur compagnie, soit. Si ce n'est pas pour oublier, au profit des formes, de leur déploiement et de leur gloire, ce qui les a rendues nécessaires : la cruauté d'un monde qui force au crime. On s'arme avec soin, on arme ses amantes, ses amies. On souhaite voir passer seul au coin d'un bois après le coucher du soleil le buraliste voisin avec ses recettes de la journée pour le dévaliser. Ah Wittig, tout cela est de la petite guerre. Que peut-on y gagner quand c'est le monde entier qu'il faut repossé-der ?)

Et moi :

(Mais, notre pain quotidien, Manastabal mon guide.)

Et je me demande si Manastabal, mon guide, a quelque plan d'envergure pour la conquête du monde. Mais comme elle me parle de l'enfer et des passeuses qui y sont postées pour opérer des sauvetages un par un, je ne peux pas m'empêcher de m'impatienter de la lenteur du procédé et de faire remarquer que de ce train-là dans cent ans on y sera encore.

XIV

Je regarde autour de moi les couleurs brillantes comme
après la pluie et l'air qui resplendit. Je défaille sous
l'attaque conjuguée de différentes sortes de parfums
végétaux. Une vague de félicité roule à la hauteur de
mon plexus. Je sens mes membres s'étirer. Une cohorte
d'anges dorés et noirs enjambent les ruisseaux pleins
d'arums et atterrissent à pieds joints. Manastabal, mon
guide, est couchée sous un arbre à marguerite sans rien
dire. Il me semble distinguer, quand le vent doux cesse
de vibrer dans mes oreilles, le chant des voix conjuguées
de l'assemblée céleste. Je l'entends bien en effet et parfois
les voix se différencient et se font entendre à leur tour.
Il s'agit d'une espèce d'opéra, du moins c'est ce que je
dis à Manastabal, mon guide. Et elle :
(Tu as raison, Wittig, c'est l'opéra des gueuses, lesquelles
à la fin sont couronnées, glorifiées et angéifiées comme
dans les histoires qui ont un heureux déroulement et
comme dans le poème que Dante a appelé « comédie »
parce qu'il finit bien.)
Si la mauvaise humeur n'était pas impossible dans ces
lieux je jurerais que Manastabal, mon guide, en est
atteinte. Cependant sa contenance est détendue, ses
muscles relâchés et son visage brillant. Et moi je
demande :

47

(Quelle est donc la langue des anges ?)

Et Manastabal, mon guide de dire qu'à cette même question Jeanne d'Arc a répondu à son tribunal : « mais plus belle que la vôtre » et qu'une autre fois qu'on lui en a causé : « leur parler est aussi beau que leur odeur est bonne ». Et moi sans la laisser poursuivre :

(Odeur ineffable, ah oui, on sait bien ce qu'il en est. Depuis longtemps, Manastabal mon guide, je soupçonne que les anges de Jeanne d'Arc sont de la même trempe que les nôtres et qu'elle-même en était un.)

Mais, comme je demande si l'opéra des gueuses a déjà des paroles, elle dit :

(Ce que tu entends est sans paroles. C'est la musique des sphères et la voix des anges. Écris-donc l'opéra toi-même, Wittig, mais non sans que j'en prenne connaissance mot à mot.)

XV

Le bourlababu avance dans l'étendue plate au milieu de la terre. Il se tient derrière le nuage de la tempête de sable et s'il y a, arrachés aux clôtures, des rouleaux de fil de fer qui tourbillonnent, il se cache derrière. Il fonce à la vitesse du vent et à le voir on peut croire que c'est lui qui chasse et charrie du bout de ses cinq cornes comme avec une pelleteuse tout le sable qui se presse en avant. Il se nourrit sans s'arrêter de toutes les bêtes qui ont été fauchées à l'improviste par les rafales du vent ou qui ont été prises dans l'avancée des barbelés, des branches d'arbre, des arbres entiers avec toutes leurs racines, amassés en avalanche. Le bourlababu est un nettoyeur de cadavre de première. Comme charognard il surpasse le vautour et le corbeau. J'ai développé une longue connaissance avec lui du fait de ma fréquentation de cet endroit où j'attends régulièrement Manastabal, mon guide. La première fois que je l'ai vu, fonçant sur moi, passant à fond de train à ras de mon nez, j'ai pu percevoir en un éclair les cinq cornes, le souffle du mufle, le piétinement des sabots. J'ai cru rêver jusqu'à ce que je l'entende me dire d'une véritable voix de bizutage :

(Alors, Wittig, on poireaute !)

Successivement me mettre en colère, prendre mon fusil, l'épauler et tirer, c'est plus qu'il ne lui faut de temps pour se faire la malle. Je n'ai aucun pouvoir contre lui. Pourtant je ne peux pas m'habituer à l'entendre me dire d'une voix goguenarde chaque fois qu'il passe :

(Alors, Wittig, toujours de planton !)

Je sais, parce que Manastabal, mon guide, me l'a dit, que le bourlababu me protège de la tempête de sable qu'il fait dévier afin qu'elle ne m'atteigne pas. Voire. C'est toujours de justesse, à ma barbe, à mes dents, à ras de mon menton, au dernier moment. Et quand j'attends Manastabal, mon guide, j'ai toujours la main nerveuse et mon fusil prêt. Je suis avertie du passage du bourlababu quand au débouché de l'horizon la tempête de sable s'annonce comme elle le fait ici et maintenant. Je vais, je viens, je me dispose ici et là, je cherche le meilleur angle de tir. Mais je me fatigue avant que la tempête arrive car elle met des heures à m'atteindre après que je l'ai aperçue. Cependant, dès que sa masse est à portée de mon fusil, je tire toutes mes balles dans le tas. Je recharge et tire encore sans arrêter jusqu'à ce que l'énorme balle de sable s'arrête pile devant moi dans toute sa largeur. Je peux voir le mouvement de freinage que maintient, pour rester à l'arrêt, toute la masse propulsée et les trous dans le sable à l'endroit où elle s'arrête. Et comme je considère le phénomène, le bourlababu, écartant les rouleaux de poussière qui se meuvent sur eux-mêmes dans une forme cylindrique, arrive jusqu'à moi, baisse ses cinq cornes pour me regarder et dit avec sarcasme :

(Eh bien Wittig ! Es-tu contente, tu as arrêté la tempête ?)

Et puis brutalement en anglais, il dit :

(Do you want a ride ?)

Et sans attendre ma réponse il me projette sur son dos en m'enfourchant de ses cinq cornes et reprend sa place derrière la tempête qui s'ébranle à nouveau.

XVI

Depuis le temps que je déambule avec Manastabal, mon guide, dans les rues de la ville je n'ai pas encore pu prendre l'habitude de les voir en permanence accompagnées d'une ou de plusieurs annexes. C'est au point que, quand il arrive qu'on croise quelqu'une sans, on ne puisse pas s'empêcher de dire :
(Then she must be a dyke.)
Dans la rue dans les magasins sur les places dans les jardins publics dans les voitures sur les trottoirs dans les autobus et même dans les cafés, partout où elles sont, elles ont leurs annexes. Par temps de guerre, par temps de famine, les annexes continuent régulièrement de s'ajouter à elles, comme si de rien n'était. Elles font donc boucherie double que ce soit à l'étal ou bien les pieds dans les étrivières. Manastabal, mon guide, me reproche cette façon de dire, affirmant que la réalité des annexes est de même ordre que le seau d'eau de l'esclave et elle s'écrie :
(Et crois bien qu'on les a forcées sur elles, même si, comme un après-coup de l'attache, elles restent attachées. Mais regarde-les donc, Wittig !)
En effet leurs figures ne brillent pas et leur démarche n'est pas alerte. Elles portent un sourire sans éclat mais permanent car il est leur étoile jaune. Elles ont les bras

51

au corps, les épaules serrées, elles traînent les pieds et elles sont souvent arrêtées dans leur progression ou ralenties, tirées en arrière par les mouvements désordonnés de leurs annexes. Il arrive même qu'elles soient halées dans des directions opposées et de ce fait écartelées. Parfois elles s'arrêtent net et restent là, essoufflées, n'ayant plus à la figure aucune promptitude. Mais pendant ce temps elles disent :

(Je les adore.)

Ou encore :

(Je ne sais pas ce que je ferais sans.)

Et c'est vrai que, quand elles se trouvent par hasard délestées de leurs annexes, elles tombent à plat ventre par terre à tout moment dans leur désorientation, ne sachant plus où aller. C'est un piteux spectacle et on a beau les relever en les encourageant, elles se perdent et tombent à nouveau. Elles disent :

(Je ne peux pas m'en passer.)

Et on les voit dès que leurs annexes essaient de se détacher d'elles, les suivre de près et les toucher, pleurant misérablement quand elles les perdent de vue, souffrant de malemort à cause de leur accoutumance. À Manastabal, mon guide, je dis :

(C'est comme le nœud gordien, sauf qu'il faut trancher dans la chair vive. Ah Manastabal mon guide ! Pourra-t-on jamais les débarrasser de leurs foutues annexes ? Je voudrais tellement de mes yeux voir de quoi elles ont l'air sans.)

Et elle :
(En tout cas on ne peut pas les en débarrasser de force.)
Et elle me rappelle qu'on n'est pas en enfer pour donner
tort aux âmes damnées mais pour leur indiquer si besoin
est le passage pour en sortir.

XVII

La foule est dense dans les rues comme je m'approche
avec Manastabal, mon guide, de la place de la Mairie
pour assister à la parade. Le soleil est éclatant, les collines
de la ville sont vertes et brillantes et côtoient le ciel d'un
bleu acide. Des maisons construites en bois les recou-
vrent à la file, entourées d'un espace, produisant des
dispositions géométriques du fait de la répétition de leurs
formes. La plupart d'entre elles sont peintes en bleu,
blanc ou rouge foncé. Les rues aux abords de la place
sont ornées de banderoles, de guirlandes et de lampions
de papier aux couleurs criardes. Et le bruit, l'agitation et
la presse sont tels qu'il me faut hurler pour demander à
Manastabal, mon guide, quel est le genre de la parade à
laquelle elle m'a conviée. Manastabal, mon guide, se
contente de dire :

(C'est une sorte de revue comme on en voit aux Folies-Bergères, mais en plein air.)

Il n'y a qu'à se laisser pousser par la foule pour arriver au premier rang qu'on le veuille ou non, et là le bruit s'accroît encore. On piétine, on se tort le cou de côté et d'autre pour voir la parade arriver. Manastabal, mon guide, m'avertit à plusieurs reprises de modérer mon impatience puisqu'il n'y a rien à gagner à un tel spectacle. Plusieurs fois avec force elle dit :

(Wittig, souviens-toi qu'on est en enfer.)

Et en effet dès que, dans une grande clameur, la tête de la parade devient visible, il s'avère que la liesse, pour générale qu'elle apparaisse, ne l'est pas, du moment qu'elle comporte au moins deux exceptions : Manastabal, mon guide, et moi. Il s'agit bien d'une revue avec la quantité de tissu brillant et de chair nue qui convient. Celles qui ont des plumes attachées au derrière et sur la tête également en grands panaches marchent devant, en faisant balancer les plumes de leur chef et les plumes de leur cul. Celles qui ont des oreilles et des queues blanches et rondes de lapin marchent immédiatement derrière et celles-là font également balancer leur tête à longues oreilles et leur cul à petite queue. Ensuite viennent celles qui lèvent la jambe plus haut que leur tête que leur jupe basculée recouvre et dont elles remplacent la vue par celle de leurs dessous. Derrière marchent celles qui portent des minijupes avec un sourire plein de dents peint sur la figure. Certaines portent des bonnets.

Si elles font tomber quelque chose, elles se baissent de côté, cuisses serrées, bras collés au corps, formant une sorte d'accordéon, en pure perte d'ailleurs car à un moment donné elles finissent par montrer leurs culottes. Ensuite vient la foule très nombreuse et bigarrée de celles qui portent des robes de soirée, c'est-à-dire des robes longues dont le haut est ouvert jusqu'à la taille quelquefois par-devant, quelquefois par-derrière, quelquefois les deux en même temps, de sorte que, à cause de l'empiècement en rond de ces ouvertures, les seins du torse d'une part et les omoplates du dos d'autre part semblent être disposés dans des corbeilles de fruit. Si celles-ci sont les plus nombreuses, c'est que la robe de soirée est l'uniforme qui sert aussi bien à représenter une marque de bière, de voiture ou de réfrigérateur que l'appartenance à un ennemi particulier de la haute. Toutes les figures que j'ai vues défiler jusque-là marchent les pieds surélevés et seuls leurs orteils sont posés au sol. La procession est très lente, la chair esclave avançant cahin-caha, le dos et les fesses allant vers le haut, dans le sens d'une pente imaginaire à cause de la surélévation des pieds, et les seins les épaules et les cuisses allant vers le bas. Je crie à Manastabal, mon guide :
(Ce n'est pas demain la veille qu'on aura l'armée de Spartacus.)
En effet elles défilent, non pas comme les athlètes de l'ennemi en faisant rouler leurs muscles, mais au contraire en les déroulant, en les lâchant l'un par-dessus

l'autre comme n'en pouvant plus de les retenir. En voyant ainsi leurs muscles s'abandonner, une fureur me prend, je ne peux pas m'empêcher de crier à leur adresse :

(C'est pour le hachoir.)

J'entends une voix me répondre venant d'un des bas-côtés de la place :

(Mal baisée.)

Je regarde autour de moi et il n'y a aucun doute possible, la foule des spectateurs de la parade est entièrement composée d'ennemis qui se trouvent en quelque sorte entre la parade et Manastabal, mon guide, et moi. J'ai bien peur qu'il n'y ait de marron à cet endroit qu'elle et moi et je le lui dis. Il faut donc se contenter d'être au spectacle comme n'importe lequel ennemi et ne pas nourrir le moindre espoir d'intervention. Manastabal, mon guide, regarde la parade en silence. J'ose à peine lui parler de peur de me faire repérer dans la foule. La parade s'est encore ralentie. C'est que maintenant vont derrière celles qui appartiennent aux différentes institutions pornographiques tant privées que publiques. Leurs chevilles et leurs poignets portent des chaînes. À part le harnachement qui va avec leur état, elles sont nues et marchent les pieds surélevés. Elles portent des ceintures de nylon avec des espèces de battant de cloche qui pendent et leur frappent les fesses. Celles qui n'ont pas de parure à montrer exhibent des objets, des fouets, des matraques à clous. Certaines font montre d'un dispositif

qui les prive de l'accès direct à leurs parties intimes. D'autres ont la peau marquée. Néanmoins elles font bonne figure comme toutes celles qui les ont précédées. Je me bouche les oreilles pour ne pas entendre ce qu'elles disent mais je ne peux pas ne pas voir la hideur de l'extase qui par moments se peint sur leurs figures. Mes poings serrés se lèvent à ce passage de la parade car je vois un ennemi s'approcher d'une âme damnée à quatre pattes et je m'interpose en criant :
(Attention, ce n'est qu'une parade.)
Heureuse initiative puisqu'il me tombe dessus à bras raccourcis avec la matraque qu'il se disposait à planter dans le derrière de l'âme damnée tandis que toute leur horde d'emblée se jette sur moi aux cris de mal baisée. Leur nombre ainsi transformé en mêlée de rugby pour essayer de m'atteindre me permet de leur filer entre les jambes tandis qu'ils commencent à en venir aux mains dans leur rage de ne pas m'attraper. Je ne m'attarde pas davantage, je fuis comme si j'avais le diable aux trousses sans regarder derrière moi afin de ne pas désigner Manastabal, mon guide, à leur vindicte. Je ne m'arrête de courir que quelques blocs plus loin dans une rue déserte où je me laisse tomber sur un banc sous un arbre à marguerite. Le soleil se couche derrière les collines de Castro. L'eau de la mer est blanche de lait dans la baie que j'aperçois.

XVIII

Le monde dans lequel elles vivent est à deux dimensions. Je l'assimile au monde des cartes à jouer. Elles ne tiennent pas plus debout que des valets de pique ou des dames de cœur. Cependant elles ont la ténacité des pions car elles se relèvent aussi souvent qu'elles tombent. Elles ne bousculent qu'entre elles et trébuchent en tas. S'il vient à passer un individu de la troisième dimension, derechef elles s'écrasent contre le premier montant de porte venu, au besoin elles se jettent à plat ventre dans le caniveau et l'individu empiète sur l'espace sans même se rendre compte qu'il leur marche dessus. Il y a bien dans leur foule quelques reines (et même des rois) soit de pique soit de trèfle soit de carreau soit de cœur. Mais pour la plupart il s'agit de la piétaille la plus misérable, des deux, des trois, des quatre, des cinq, des six, des sept, des huit, des neuf et des dix aussi bien de pique et de trèfle que de carreau ou de cœur. Qu'on vienne par-derrière et qu'on leur crie dans le dos et il n'y a plus personne, les voilà par terre. Ah on peut dire que la deuxième dimension fortifie le caractère de fragilité de l'être humain. Il faut les voir dans les endroits où on marche, Manastabal, mon guide, et moi, le long des grands buildings entre lesquels on voit la mer. En voici une dans un parking-lot entre deux rangées de voitures,

s'aplatissant contre sa propre automobile du plus loin qu'apparaît un individu de toute évidence dans la troisième dimension, lui, car il ne remarque rien et passe, tel Alexandre. En voici toute une file dans l'allée de l'autobus, elles ne présentent de front qu'une série de points, incrustées qu'elles sont dans un mur invisible dont elle épousent la façade. De quelque côté qu'on les aborde elles sont plates comme des limandes, passant et marchant de côté, enfilant la ligne droite, pivotant de façon à ne présenter qu'une surface plane, épaules rentrées. Tout leur est bon pour éviter une collision, les murs, les portes cochères, les bouches d'égoût. D'ailleurs il y a tout un code gestuel de la deuxième dimension qui leur est réservé : effacer les épaules, rentrer les genoux, serrer les cuisses, tenir les omoplates ensemble et les bras au corps. Je m'émerveille auprès de Manastabal, mon guide, que des êtres aussi peu épais puissent fournir autant de travail que ce que rapportent les derniers chiffres des Nations unies. Voici qu'un sergent de ville en ramasse toute une armée répandue face contre terre entre les grilles d'un jardin public. Il les prend une par une et les tient à bout de bras pour les considérer tandis qu'il leur dit en leur montrant les dents :
(Alors, on va être sage comme des images n'est-ce pas ?)
Puis il les met debout et les pousse durement en avant.

XIX

En débouchant dans l'avenue Dolorès on voit en haut la
ligne de la colline sur le ciel clair à cet endroit et,
perpendiculaire, le tracé des rangées de palmiers dont les
sommets étoilés sont immobiles. Nombreuses sont celles
qui, habillées de sombre, pénètrent dans le parc en
groupe, seules ou par paires. La foule malgré sa densité
se rassemble et se tient en silence. Je me dirige avec
Manastabal, mon guide, vers le lieu où manifestement
l'assemblée se déroule. La plus grande presse se trouve
près d'un monticule herbeux où tout le monde se tasse.
Sans qu'il y ait d'annonces préalables, une voix sort de
la masse des personnes réunies dans l'herbe. On l'entend
distinctement bien qu'elle ne soit pas amplifiée par un
haut-parleur, mais on ne peut pas voir celle qui l'émet.
La voix dit :
(Bienvenue aux malfaitrices de tout acabit, be it through
plunder, be it through theft, be it through looting, be it
through pirating. Qu'elles viennent de partout ici à San
Francisco, par air, par mer, par route et même par
chemin de fer. Il y a un siècle et demi San Francisco s'est
édifiée en moins de quinze ans grâce à une telle ruée.
Disposez vos biens donc à la lumière de la lune et il
faudrait avoir la vue très basse pour ne pas les voir
comme en plein jour.)

Personne d'autre ne parle, mais les gestes, les mouvements, les déplacements, les piétinements, les allées et venues, les courses se multiplient en même temps que les frottements de pieds dont quelques-uns nus, les heurts, les froissements, les chuchotements et les chocs sourds. En un instant, on voit surgir et s'amasser, en très grand nombre avec leur poil luisant, des chevaux. Ils sont suivis par des vaches des moutons et des chèvres. Le parc dans toute sa pente est couvert d'une rumeur. On peut voir en contre-bas la masse noire des bâtiments de l'ancienne Mission dans leur épaisseur d'adobe. Manastabal, mon guide, me fait traverser le parc jusqu'à l'endroit où s'entasse l'or. Il y en a de toute sorte : des lingots non dégrossis en provenance de minages récents, des tabernacles entiers d'or raffiné et travaillé ainsi que des ciboires, des coupes, des plats gravés, des couverts et des pièces dans des sacs. Plus loin, dans des sacs postaux de couleur claire, il y a des billets de banque, des dollars principalement, certains sentent le papier neuf et l'encre d'estampillage car ils viennent d'être émis. On en voit d'autres entassés sans ordre dans des boîtes de carton et débordant, mous et froissés, ou encore dégoulinant par l'ouverture béante de vieilles valises. Ensuite Manastabal, mon guide, me conduit vers un grand entassement de bidons comparables à ceux qui contiennent l'essence. Les bidons sont ouverts et contiennent une poudre blanche cristalline que je crois tout de bon être de l'acide ascorbique jusqu'à ce que Manastabal, mon guide, me

61

dise son nom à l'oreille, tout en se moquant de mon ignorance. Et comme je la regarde sans comprendre, elle dit :

(C'est bien comme de l'or et des dollars.)

Je regarde les hauts bidons qui m'atteignent l'épaule et la foule qu'ils attirent, chacune plongeant un doigt rapide dans le plus proche récipient et le portant à sa langue pour en éprouver le goût pongitif, piquant et âcre, claquant la langue contre le palais et mordant les lèvres pour vérifier leur degré d'engourdissement. Au centre de l'assemblée, au cœur de la foule, comme protégée par elle, il y a l'exposition des pierres précieuses de toute taille : les diamants, les rubis, les saphirs, les émeraudes, les topazes, les gemmes, les perles, les turquoises, les opales, les améthystes, les agates, les onyx, les grenats, les obsidiennes, les jades, les béryls, les chrysolythes, les aigues-marines, les hyacinthes, les jaspes. Je dis à Manastabal, mon guide :

(Retiens ma main, car je me sens d'empocher quelques belles pierres.)

Et elle :

(Ce qui est étalé ici est à tout le monde. Sers-toi donc, ce ne sera pas à main basse.)

Et comme je m'étonne d'un tel état de choses, Manastabal, mon guide, dit :

(C'est du matériel de récupération. Il est fait pour être utilisé et non pas thésaurisé. Qui en a besoin en prend.)

Laissée à mon jugement je ne touche pas aux diamants,

perles, rubis, saphirs, émeraudes, turquoises, topazes, gemmes ou autres. Je me contente de quelques onyx et de quelques améthystes. Le calme relatif qui règne en ce lieu est dû donc à la grande concentration d'esprit avec laquelle chacune évalue ses besoins aussi vite que possible car le marché ne va pas durer. Je passe en revue tout ce que le marché offre gratis. Il y a d'autres richesses que celles que j'ai décrites, étalées au hasard tout le long du parc, des tissus, des couvertures, des quilts, des peaux, des tapis. Il y a des provisions de bouche. Il y a des vêtements. Il y a des outils et des équipements de toute sorte, mécaniques, électriques, électroniques. Il y a même des instruments de musique dont certains lourds et encombrants comme des orgues et des pianos. Il y a des camions, des autos, des motos. Mais je ne vais pas laisser passer l'occasion de me procurer une jument appalooza, à grandes taches bleu marine sur les flancs et sur la croupe, pareille aux chevaux peints dans les grottes du Quercy. Comme j'entraîne Manastabal, mon guide, vers le bas du parc où les chevaux sont maintenus immobiles, elle dit :
(Que feras-tu d'un cheval en enfer, Wittig ? Souviens-toi qu'on n'est pas dans un western. Parfois ta confusion des genres a véritablement quelque chose de barbare.)
Je ne désespère pas pourtant qu'on quitte le parc à cheval, peut-être même en piquant des deux car la nuit s'avance et je presse Manastabal, mon guide, de se choisir une monture, car pour moi, mon choix est fait et ma

jument sellée, prête à partir et toute à ma convenance. Pendant ce temps je regarde les formes qui vont et viennent autour de moi. Je les aurais décrites depuis longtemps déjà si le bas de leurs figures n'était caché par un foulard noir ou rouge porté comme masque. Tout en examinant des naseaux aux sabots la jument palomino à la crinière châtain clair de Manastabal, mon guide, je lui suggère qu'on se dirige vers le stand des dollars dare-dare afin d'aller y faire une bonne rafle.

XX

Je tends vers toi, mon beau paradis, du plus profond de l'enfer, bien que je ne te connaisse que par éclairs et que si les mots me manquent tu disparaisses comme dans une hémorragie à l'envers. Cependant je tends vers toi tout à la fois avec la certitude de l'intelligence et de la passion. Car tel que tu m'apparais il me semble qu'il faut bien que tu existes. Quand la cité se double de ses coupoles sur le sable mouillé et dans l'eau de la baie ou quand elle semble comprise entre les nuages et le brouillard, entre ciel et terre, suspendue, et qu'on l'aperçoit depuis la Porte dorée par où la mer s'engouffre dans la ville et rougeoie vers le soir, c'est alors mon beau paradis que tu

64

me portes un coup au cœur. Quand les mots m'atteignent au fond de l'enfer et ne me font pas défaut, quand je marche soutenue par leur cohorte ailée, quand bruissants, légers, sonores, ils remplacent la cohorte des anges qui, elles ne quittent le ciel qu'exceptionnellement, c'est alors mon beau paradis que je cherche parmi eux les mots pour te dire et au moyen desquels te donner forme une fois pour toutes. Mais Manastabal, mon guide, dit : (Wittig, il n'est pas temps encore. Souviens-toi de ton aventure désastreuse avec le mot beauté. J'ai bien cru qu'on allait piquer du nez dans la baie et tomber tout comme des Icares sans même avoir le prétexte d'ailes de cire fondues au soleil.)
Et comme je lui fais des excuses tardives, elle dit :
(Ne me fais pas d'excuse, Wittig, tu fais ce que tu dois. Mais moi Manastabal, ton guide, je te dis, ne te laisse pas emporter par les mots car ce ne sera pas impunément.)
Un ange passe quoiqu'on ne soit pas en paradis car on sait bien que c'est ce qui arrive quand un silence s'établit pendant le dialogue. Je suis tout entourée du bourdonnement de ses ailes et le ravissement me prend. Je suis sur le point de rendre l'âme et je n'ai que le temps de murmurer :
(Emporte-moi au paradis, bel ange.)
Mais je m'attire la rogne de Manastabal, mon guide. Dans sa fureur en effet elle me tape dessus et vitupère ainsi :
(Je t'assure bien, Wittig, qu'ici ce n'est pas à coups de figures de style que tu t'enverras en l'air.)

Il me faut donc rendre gorge sur-le-champ, mon beau paradis, et ce jusqu'à ne plus pouvoir articuler une parole qui ne soit littérale pour un bon bout de temps, sous le coup de la peur de te perdre.

XXI

Je braque ma lampe de poche dans toutes les directions, balayant de sa lumière rectiligne le sable du désert que je vois épaissi à cette heure et grossi d'ombres, comme le jour tarde à venir. Le papillon s'abat à côté de moi sans que je l'aie vu arriver. Mais j'ai entendu son vol puissant et lisse et le sifflement d'arrêt du battement d'ailes. Il me demande d'éteindre ma lampe de poche en me traitant de tous les noms. Ensuite il se tait. J'ai beau le questionner sur sa provenance et lui demander ce qu'il fait dans ce désert, je n'obtiens pas de réponse. Si c'est la lumière de la lampe de poche qui l'a attiré, je ne peux que m'en réjouir, car me voici un compagnon de veille pour attendre Manastabal, mon guide. Ses six pattes sont entièrement fourrées de longs poils recouvrant la carapace chitineuse tandis que sur ses ailes ce sont de délicates plumes qui sont visibles et tremblent dans leur disposition géométrique. Sa fourrure comme les plumes de ses ailes est luminescente, mes paumes qui s'y enfoncent n'y perçoivent aucune chaleur. Le papillon me laisse lui toucher les pattes, mais pour les ailes il n'en est pas question, comme leurs plumes s'effritent au contact. Ses yeux sont luminescents eux aussi et pailletés à leurs biseaux. J'ai dû somnoler quelque peu car, quand je regarde droit devant moi, je vois passer dans une lumière diffuse (l'aube enfin) un défilé d'âmes marchant la tête basse, une épée leur battant dans les jambes, avançant littéralement à la queue leu leu. Aussitôt je les apostrophe :

(N'allez pas plus loin, misérables créatures, retournez au contraire sur vos pas. Avancez et vous êtes perdues car vous êtes sur le chemin de l'enfer. Un pas de plus et vous vous rendez sans conditions, vous mettez bas les armes, vous vous jetez pieds et poings liés dans le pouvoir de votre adversaire. Vous êtes vaincues.)

Comme je crie ce dernier mot plusieurs fois, j'entends des grondements, des cris de colère et des voix sarcastiques et amères qui le répètent. Je dis encore :

(Je vous en conjure car c'est vous-mêmes que vous perdrez, ne lâchez pas pied, mais plutôt retournez ensemble.)

Elles se resserrent justement et assemblées maintenant, haineuses elles me font face. Leur épée en main, elles se cognent les unes aux autres dans leur hâte, en faisant cliqueter leurs armes. Elles disent :

(De quoi te mêles-tu, impudente créature ! Sais-tu bien de quoi tu parles ? Il faut que tu aies été élevée dans ce désert par le monstre qui te garde pour que tu sois aussi ignorante.)

J'avais oublié le papillon qui se tient sans bouger auprès de moi, comme tassé, ses pattes antérieures repliées de leur cinq articulations contre sa poitrine. Mais elles :

(Sais-tu de quelle dure, opiniâtre, incessante bataille tu parles ? De surcroît s'il n'y avait que les coups directs, jamais je n'aurais cédé. Dans une bataille franche, ouverte, non, je n'aurais pas été défaite. Mais les coups sont toujours dans le dos, à la nuit tombante, ou bien quand on n'a pas son arme, après un pacte d'alliance, des serments de bonne entente, après un traité. Et cette arme que tu vois, c'est une bonne épée, bien tranchante. Mais elle est tout à fait inefficace contre les fusils, les pistolets, les mitrailleuses, les grenades et le reste. J'ai beau avoir un bouclier, la bataille a toujours été à armes inégales. Malgré tout j'ai essayé. Ah tu m'insultes, tu me traites comme une lâche, mais tu ne sais pas comme j'ai essayé. Des Pygmées ont pu attaquer avec des arcs et des flèches une armée technologique moderne. Des Hébridiens de même, avec des arcs et des flèches pour toutes armes se sont soulevés en Polynésie. Bien que je ne sous-estime pas les vertus de la guerre de harcèlement, je sais aussi que dans les cas que je viens de citer, les belligérants n'ont dû d'échapper à la déroute qu'aux ordres reçus par les armées technologiques de ne pas les écraser. Dans mon cas, pas de quartier, tous les coups sont permis. Et comme si ça ne suffisait pas, il m'a fallu endurer jour et nuit leurs plaisanteries dont voici un échantillon : « Eh ! dirait-on pas la bataille du pot de terre avec le pot de fer ? Oh ! tant va la cruche à l'eau qu'à la fin elle se brise... » « Regardez-moi celle-là avec son épée qui lui bringue-balle entre les jambes ? Elle a bien besoin qu'on lui fourre à la place une bonne queue et qu'est-ce qu'on va lui mettre ! À la bourre, à la bourre ! » ... « Eh ! petite, tu l'as un peu raide, tu ne trouves pas ? Tu ne veux pas qu'on t'arrange ça ? » « Attention, toi là-bas, tu vas te tuer avec ton engin, passe-le-moi donc, veux-tu ? » « Beauté ! Fais-toi donc rémouleuse pour remplir les trous, au lieu d'avoir la prétention d'en faire ! » ... Et si je lève le bras avec mon épée, je les vois se tordre les côtes de rire.)

Et moi :

(Et alors, qu'est-ce qui vous retient de frapper dans le tas ? Le code de l'honneur chevaleresque ? La pitié ?)

Elles, la tête piteuse, déclarent :

(Les bras m'en tombent, je n'ai plus la force.)

Je dis donc :

(Vous vous laissez facilement impressionner ! Que faites-vous de la colère ?)

Mais, elles, de nouveau dressées, rugissent :

(La colère ! Parlons-en. Dans une année, il y a huit mille sept cent soixante heures, car je compte aussi bien les heures de nuit que les heures de veille, puisque même en rêve je ne décolère pas. Combien d'années crois-tu

qu'une machine humaine puisse tenir à ce régime ?
L'épuisement, tu connais ?)
Et leur colère dans un dernier sursaut se tourne toute
contre moi. Elles se sont regroupées déjà et mises en
ordre, et, formant une ligne, épée levée, elles se disposent à m'attaquer. Leurs bras se ceignent des boucliers.
Elles crient :
(Vas-tu rester à l'abri des ailes d'un papillon ? Qu'attends-tu pour venir te battre, toi qui as si bonne gueule ?
Ah tu vas savoir ce que c'est que la colère ! Sus aux ailes
du papillon d'abord.)
J'ai bien mon fusil. Mais tirer en l'air ne suffirait pas à
les effrayer comme ce n'est pas leur premier combat. Je
me tourne vers mon compagnon de veille qui, vu ainsi
à la lumière du jour, fait grande impression. Je comprends ce qui les a tenues en respect si longtemps et
pourquoi elles hésitent encore à avancer. Le papillon est
tout d'un noir de jais, sauf ses pattes et sa figure qui sont
beige doré. Il y a deux enfilades de plumes sur sa tête
qui sont ses antennes. Sa trompe suceuse, en forme de
crosse d'évêque, quoique enroulée sur elle-même, semble pouvoir se transformer si besoin est en arme redouta-
ble. Il déplie ses ailes et leur envergure dépasse celle de
mes bras étendus. Tandis qu'il les essaie, elles font un
battement soyeux, et ses plumes d'antenne bougent et
brillent. Puis il se met à marcher sans précipitation. Je
vois que les plus courageuses ne bougent pas. Mais
nombreuses sont celles qui reculent à toute vitesse,

certaines même lâchent leur épée qui les encombre. Beaucoup crient. L'une de celles qui sont restées fermes sur leurs pieds, hurle :

(Viens-y donc, mon mignon ! Crois-tu que tu me fasses peur ? Un papillon ! Je saurai bien t'embrocher avec mon épée.)

Personne néanmoins n'avance dans sa direction. Il se forme un cercle de défense comme ceux qu'on voit dans les westerns où, dos à dos, un genou en terre, le pistolet levé (sauf qu'ici c'est une épée et que les bras gauches maintiennent des boucliers à la hauteur des visages) les combattantes attendent l'ennemi. Voyant leur bravoure et leur décision, je dis :

(À quoi bon se battre puisqu'on est dans le même camp ? Vaincues ou non, votre ennemi est le mien. Il vaudrait donc mieux se liguer contre lui.)

Une clameur m'empêche de poursuivre mes offres d'alliance. Elles disent :

(À bas les donneuses de conseil après coup.)

Et comme je m'approche d'elles, mains tendues, elles se ruent sur moi. Le papillon s'est élevé sans bruit, ce qui, étant donné sa taille, a quelque chose de saugrenu. Il vole maintenant au-dessus de la tête de mes attaquantes. À un moment donné il descend sans qu'on puisse deviner sa direction puisqu'il voltige. Sa trompe se déploie comme un lasso et sans s'abattre auprès d'elle à terre, sans arrêter son vol, il ceinture la taille d'une porteuse d'épée, l'enlève dans l'air toute armée. Le reste des combattantes se dispersent alors dans toutes les directions, laissant à leur place un amas d'épées jetées pêle-mêle mais pas de boucliers comme elles n'ont pas eu le temps de les ôter de leurs bras. Je crie à leur adresse :

(Arrêtez ! N'abandonnez pas votre épée.)

Mais elles ont disparu comme une volée de moineaux : je ne les aperçois déjà plus dans la clarté indistincte et laiteuse de l'aube. Le papillon se pose à côté de moi, tenant la pauvre âme enroulée dans sa trompe, évanouie si j'en juge par la souplesse de son maintien. Je vais à elle, mon flacon d'éther à la main, et je la dégage de l'étreinte du papillon. Elle est en train de revenir à elle, peu à peu, quand Manastabal, mon guide, apparaît, disant :

(Bien m'en a pris de t'envoyer l'ailé et c'est à temps que je me suis souvenue de ces âmes abattues de l'aube qui se dirigent chaque jour de guerre lasse vers l'enfer. Ce sont des âmes courageuses et j'aurais aimé que tu leur fasses honneur comme il se doit pour des vaincues. Mais puisque c'est la première fois que tu les vois, il ne faut pas s'étonner que tu leur cherches querelle.)

Je dis :

(Mais enfin, Manastabal, mon guide, pourquoi se dirigent-elles vers l'enfer ?)

Et elle :

(Perdu pour perdu, autant vaut pour elles tout perdre d'un coup, autant en finir avec une bataille disproportionnée, jouée d'avance, assortie de la torture lente et cruelle que procure une défaite permanente.)

N'ayant rien à lui répondre, je montre à Manastabal, mon guide, l'amoncellement d'épées, en lui demandant si on ne peut pas les leur rapporter. La rescapée du combat me regarde. Je dis :

(Quelle terrible bévue, de toute façon, de m'attaquer, moi, leur plus féroce alliée. J'aurais voulu que tu sois là, Manastabal, mon guide, pour voir la fureur avec laquelle elles se disposaient à me mettre en pièces.)

La rescapée, encore incapable d'articuler une parole, ne dit rien. C'est Manastabal, mon guide, qui répond :

(Où est donc ta philosophie ? Ne sais-tu pas que les vaincus, dans leur impuissance à venir à bout de leur véritable ennemi, dans leur rage renouvelée et leur désir de détruire coûte que coûte – car une fois arrachée l'arme qui tue, il faut bien la renvoyer – se détruisent mutuellement s'il n'y a pas moyen de faire autrement, parce que leur colère, à ce coup, leur fait prendre pour ennemi tout ce qui approche.)

Mais, ne pouvant en entendre davantage, je crie :

(Ah tu en parles à ton aise, je ne sais vraiment pas comment tu fais pour l'avaler.)

La rescapée du combat est maintenant sur ses pieds et essaie de fuir. Tandis que Manastabal, mon guide, se dirige vers elle pour la réconforter (nul doute) elle dit s'adressant à moi et au papillon :

(Ramassez les épées vous deux, on va les leur rapporter.)

XXII

On les amène sans bruit à la nuit tombante dans des camions bâchés. Ensuite on les prend une par une et on les enferme dans des chambres, des maisons, des appartements, des palais, des roulottes, des cellules, des taudis. Les murs ont des lézardes et des crevasses, ou bien ils sont de marbre brillant ou encore tapissés de brocart aux couleurs somptueuses, mais quels qu'ils soient il sont plus hauts qu'elles et ils les engouffrent. D'ici même où je me tiens avec Manastabal, mon guide, en surplomb, je peux voir par l'ouverture d'une terrasse éventrée certains murs où les flammes vont tout droit jusqu'au plafond. Les voici donc, chacune, aux mains d'un geôlier particulier qui est prêt à mettre le feu à sa propre baraque pour les empêcher de filer. Qu'elles vivent dans un taudis ou dans un palais, qu'elles fassent toutes les corvées ou qu'on en fasse pour elles, elles sont derrière des murs. On dit que certaines d'entre elles font des encoches sur les montants des portes pour compter les jours et que d'autres cachent de l'argent sous les lattes du plancher. On dit que certaines s'affament et se laissent mourir. On dit qu'elles communiquent entre elles par le moyen des tuyauteries, des ascenseurs, des escaliers de service, parfois même du téléphone. Elles sont bien en main et je fais remarquer à Manastabal, mon guide, que

tant qu'on n'a pas accès à leurs turnes on ne peut leur être d'aucune utilité. Les portes sont fermées. Les fenêtres sont tendues de rideaux serrés qui ne laissent pas passer la lumière électrique. Quand on marche devant les maisons la nuit, on ne voit même pas leurs ombres se déplacer à l'intérieur des chambres. Parfois s'il arrive que des fenêtres éclairées montrent une silhouette avec un visage qu'on ne voit pas comme il est à contre-jour, même s'il s'appuie du front contre la vitre, tout à coup elle disparaît, écartée brutalement de la fenêtre par un geste et une personne qu'on ne parvient pas à identifier. On en voit par des fenêtres ouvertes derrière des fourneaux, les épaules tassées, ne regardant pas du côté où on est, se tenant comme sous la menace d'une arme. Quand elles sortent par les portes cochères tout à coup illuminées, elles sont sous bonne escorte. On en aperçoit qui rentrent de même, quelquefois précédées d'une troupe d'annexes et tenues serrées au bras. On en croise dans la rue qui débutent avec encore des rires heureux. Mais celles-là même, et toutes, portant leurs yeux devant elles, évitent de regarder, et en fait, quand on les observe d'un peu plus près, on peut voir qu'elles portent des œillères. J'ai pris l'habitude quand je marche la nuit dans les rues avec Manastabal, mon guide, de chanter sous les fenêtres fermées en m'accompagnant d'un instrument de musique :
(Viens, viens, toute belle. Viens à moi, petit cœur gracieux, petit cœur précieux.)

Je marche en chantant, telle Blondel de Nesles, à la recherche de Richard Cœur de Lion. Je reçois de nombreux seaux d'eau sur la tête en plein San Francisco. Manastabal, mon guide, fait à ce sujet de nombreuses remarques. En vain m'accable-t-elle de ses avertissements et de son sarcasme, en vain lui demandé-je ce qu'elle appelle le fléau lesbien sinon, en vain toute cette agitation. Nulle ne vient. Elles sont enfermées à clef, quelquefois même dans des placards. Et quand on entend des cris de détresse derrière les fenêtres sombres, on a beau courir de tous côtés, on ne peut pas discerner leur provenance. Parfois les cris d'horreur se transforment en rires aigus et bruyants. Alors Manastabal, mon guide, me met le luth en main pour que je chante.

XXIII

La progression est difficile et lente. Le vent qui balaie les lames de sable dans les espaces nus de l'enfer a redoublé. Il s'engouffre dans mes vêtements et sa force est telle qu'à plusieurs reprises je me sens soulevée de terre et que par deux fois Manastabal, mon guide, m'a sauvée de l'emportement définitif. Ça ressemble à un cauchemar d'envol non suivi de retour. Enfin on atteint un lac et il brille sombrement dans la demi-obscurité qui règne dans ces lieux (maudits). Les âmes damnées que maintenant on croise ont des larmes qui leur coulent le long des joues. Elles passent du côté où on est, muettes. Chacune porte autour du cou, nouée, une corde violette de coton tressée. Comme je demande à Manastabal, mon guide, le sens de ces nouvelles rencontres, elle me fait signe de me taire. Nul doute qu'il n'est pas bienséant de troubler le profond silence de l'endroit que seules les trombes hurlantes du vent interrompent. Je veux m'affaler à l'abri du premier groupe d'arbustes venu sur la plage de sable bordant continûment le lac, mais ils ne procurent pas d'abri. Je dois donc rester debout contre le vent qui me tire la peau de la figure, me bride les yeux et me découvre les gencives. À un moment donné, deux âmes damnées se trouvent face à face et se font un profond salut en s'inclinant, de la sorte qui se pratique avant un match de karaté. Puis chacune d'elles se saisit de la corde qui pend au cou de l'autre et se met à tirer de toutes ses forces. Je me précipite pour les faire échapper à une mort certaine mais Manastabal, mon guide, me défend toute intervention. Je dois donc me contenter de rester là comme au spectacle jusqu'à ce que les deux protago-nistes, ayant tiré sur les cordes avec toute la force que leurs corps ruinés permettent, tombent à terre et meu-rent dans les spasmes dus à l'étranglement. On se retrouve ainsi avec de nouveaux cadavres sur les bras, et la raison de la mort, ici, je ne la connais pas. Bientôt sur les bords du lac, c'est toute une foule de porteuses de cordes qui affluent. Après un signe de courtoisie et de reconnaissance (généralement le salut déjà mentionné) elles se foncent dessus d'un commun accord, se tirent leurs cordes et s'étranglent jusqu'à ce que suffocation et mort s'ensuivent. Tout se passe extrêmement vite et dans un silence absolu. Aucun cri, aucune plainte, aucun gémissement, aucune protestation ne viennent aux lèvres de ces malheureuses créatures. Il me faut donc conclure que les victimes consentent à ces mises à mort qu'elles mènent elles-mêmes. S'il y a eu une condamnation préalable à laquelle elles se soumettent, je l'ignore. Et je n'ai pas le temps de m'informer auprès de Manastabal, mon guide, car les cadavres se sont multipliés et il semble bien qu'il faille en disposer avant l'aube, si chiche la lumière soit-elle, et qu'il ne convienne pas de les laisser sans sépulture, exposés au vent, à la lumière et à l'œil. Une fois de plus on est transformé par les circonstances en fossoyeuses et s'il n'est pas question cette fois de tronçons sanglants ou de membres déchiquetés, les cadavres tombés au sol sont cependant couverts d'hématomes et de contusions, comme mourir, même volontairement, ne va pas sans une violente lutte et résistance du corps. On enterre les cadavres dans des fosses qui sont déjà préparées. On entasse la terre au-dessus des corps morts en ayant soin de faire dépasser une main pour chacun d'eux. À la fin de la nuit, il y a sur les terrains nus et remués qui bordent le lac un grand

78

nombre de mains levées, comme plantées en terre. Outre les hurlements de rage qui s'arrachent à ma poitrine, une multitude de questions me viennent : quelle est la raison de ces morts et pourquoi ne pas les avoir empêchées ? Et comme Manastabal, mon guide, ne répond pas, je me tourne vers quelque âme isolée qui marche comme dans un rêve, avec la corde de coton tressée violette pendant de son cou et qui, telle, n'est encore en vie que parce qu'elle n'a pas donné du nez contre une de ses semblables. Je l'arrête et je m'adresse à elle :

(Dis-moi, malheureuse créature, car malheureuse il faut que tu le sois, où est-on ?)

L'interpellée semble faire un effort surhumain pour concentrer son attention sur moi. Enfin des paroles sortent de sa bouche enflée, tandis que toute sa personne est dans un état de complet égarement.

(Étrangère, car tu l'es à l'évidence pour ignorer tout de ce lieu, sache que tu te trouves au bord du lac des suicides.)

Et moi comme quelqu'une qui voit clair enfin dans la nuit :

(Ainsi donc vous de la corde violette, ce n'est pas un meurtre que vous commettez, mais un suicide. Qu'est-ce qui vous pousse pourtant à un acte aussi irrémédiable ? Parle donc. Dis-moi tout ce que tu sais.)

La tête de mon interlocutrice pend lourdement vers le sol. Enfin, en dépit de son extrême difficulté à me répondre, elle dit :

(Il y a comme tu dois le savoir, étrangère, autant de suicides que de suicidées. Pourtant le rassemblement qui se fait ici témoigne qu'on entend par la mort choisir la liberté. C'est pourquoi on creuse soi-même les tombes que tu vois béer çà et là. Et quoique ce soit une noble décision, la seule possible pour sortir du plus abject des esclavages, ce n'est pas de gaieté de cœur qu'on s'y résout. C'est pourquoi tu peux voir ces figures dolentes, ces regards désespérés, cette lourdeur dans la démarche, ces larmes sur les joues. C'est pourquoi on a appelé le lac, lac du Chagrin. Ces mains dressées au-dessus de la terre sont la dernière protestation qu'on élève contre un sort injuste.)

Je n'ai rien à lui répondre et voyant qu'elle m'a déjà oubliée je la laisse partir. Manastabal, mon guide, dit :

(Il est difficile, Wittig, d'échapper au désespoir de l'enfer. C'est pourquoi les malheureuses créatures se dirigent vers le lac où elles se jetteraient d'emblée s'il ne leur incombait pas d'accomplir une mort au sens plus manifeste.)

Je regarde les mains dressées sur la terre sombre qui dans cette seule nuit ont agrandi le cimetière par dizaines et fourni de la pâture aux corbeaux. Je m'étonne qu'il n'y ait pas moyen d'arrêter les suicides et de faire passer les âmes damnées dans les limbes. Manastabal, mon guide, dit :

(Elles ne veulent pas prendre le passage bien qu'elles le connaissent et qu'elles n'ignorent pas qu'il s'effectue toute sorte de sauvetages difficiles. Ce n'est pas la peur qui les arrête puisqu'elles sont prêtes à tout perdre en perdant la vie. C'est, Wittig, qu'il est trop tard. La force qui permet de bouger avec aise les a désertées à tout jamais et aux limbes elles ne seraient plus qu'un semblant. Mortes, elles le sont déjà, car le mécanisme destructeur (tyrannie, domination, persécution) leur a passé dessus comme un rouleau compresseur, ne leur laissant pas même l'ombre d'une velléité. La mort est leur seule échappatoire, j'ai le regret de le dire.)

Je dis :

(À moi aussi, Manastabal mon guide, il me vient l'envie de me jeter la tête la première dans le lac du Chagrin. Mais je t'assure bien que je me soucie peu, une fois morte, d'avoir la main qui dépasse en signe de protestation. Laisse-moi donc aller me baigner et si je ne reviens pas de cette baignade considère que ma mort comme les autres est devenue inévitable. Aussi bien j'ai la certitude que je ne sortirai pas vivante de cet enfer.)

Manastabal, mon guide, me regarde dans les yeux sans parler. Puis elle dit :

(Vas-tu donc faillir maintenant après toutes les traversées qu'on a déjà faites ? Reprends courage car je suis à tes côtés.)

Ce disant elle pose une main légère sur mon épaule. Néanmoins je me couche par terre de tout mon long et avec force gémissements et sanglots je lamente la tristesse du lieu. Le plus pénible ici est qu'on ne soit pas

81

directement confronté à l'ennemi parce qu'il n'est pas physiquement présent. Car où sont-ils les meurtriers qui ont poussé tant d'âmes comme un troupeau désolé sur les bords du lac des suicides ? Où sont les marchands d'esclaves, où sont les banquiers qui comptent le poids du chagrin et des larmes ? Ils sont en enfer, c'est certain. Mais pour eux l'enfer est un paradis. Il ont de longs rires heureux, accroupis sur leurs sacs d'or et s'amusent avec leurs triques, leurs fusils et leurs bombes. Une fois que j'ai eu pleuré tout mon saoul et sorti des raucités dans ma voix, Manastabal, mon guide, me relève sans me brusquer et dit :

(Viens maintenant, on remonte là-haut boire un coup car tu n'es pas au bout de tes épreuves.)

Et moi :

(Allons dans ce cas là où si les âmes se damnent, c'est les unes pour les autres et dans des concerts de musique.)

XXIV

Cependant on n'est pas au bout de ses peines avant qu'on ait traversé le désert que le vent balaie formant sur sa surface des lames de sable. La lumière est brillante et bouge en même temps que le vent, redoublant des fragments de ciel par des éclairs argentés qu'on peut voir glisser sur le sable et parfois même rester en suspens comme des brisures de ville ou d'édifice. La chemise de Manastabal, mon guide, faseille avec violence autour de son torse et du bas de sa figure, formant un éclat blanc constamment en agitation, dans la ligne de mes yeux, à mi-hauteur du sol, au premier plan. Je ne vois pas d'abord ce qui distingue les figures grotesques qu'on croise, à cause de ma vue qui est brouillée et multiplie chaque objet que je vois. Pourtant il s'agit bien de bicéphales qui se trouvent au milieu du chemin, leurs têtes ballant tantôt en avant, tantôt en arrière, leurs corps suivant la direction tantôt dorsale, tantôt frontale. Je remarque que suivant les besoins, en effet, leurs bras et leurs jambes peuvent se déplier soit en avant, soit en arrière, les coudes et les rotules étant réversibles, et que certaines bicéphales avancent dans ma direction avec leur torse dans le dos. Les têtes sont comme celles de Janus, deux dans une, l'une tournée vers le passé, l'autre vers le futur. C'est ainsi que les bicéphales se tiennent sur une ligne à peine mouvante et sinueuse qui se déploie et mord sur chaque côté du chemin, à mi-distance entre l'enfer et les limbes. Certaines poussent des cris pitoyables et ont des larmes qui leur coulent de l'avers, tandis que du revers elles rient et se réjouissent. La plupart d'entre elles vont et viennent dans un espace très étroit sur la tangente enfer/limbes, stationnant de ce côté-ci ou de ce côté-là, suivant que l'une ou l'autre tête les pousse. De nombreuses bicéphales, profitant de l'endormisse-

ment de l'une des têtes, se hâtent soit de rebrousser chemin soit d'aller de l'avant, suivant l'impulsion de la tête qui veille. Je n'ai pas besoin de demander à Manastabal, mon guide, une explication du phénomène pour qu'elle dise en hurlant, à cause du bruit du vent :
(C'est l'effort, Wittig, qui est cause du redoublement des têtes de ces âmes damnées. En effet toute leur intelligence les fait tendre également à quitter l'enfer et à ne pas le quitter. De l'avers elles ont une totale connaissance du fonctionnement de l'enfer, elles sont capables de maîtriser ses techniques et ses sciences, elles y ont pris goût et sont devenues des maîtres dans leurs domaines. Du revers elles ont une totale compréhension du mécanisme de domination qui a réduit la plupart des âmes à être damnées. Et elles se tiennent à mi-chemin, ne sachant véritablement pas quel parti prendre, grossissant de leurs deux têtes. De l'avers elles sont d'opinion qu'il vaut mieux rester maîtres en enfer pour contrôler ce qui s'y passe. Du revers elles sont d'avis qu'il vaut mieux s'évader de l'enfer sans tarder.)
Je dis :
(Qu'elles apportent les connaissances, les sciences et les techniques dont on manque tant.)
Manastabal, mon guide, soupire et se tait pendant un long moment. Puis elle dit :
(Mais les moyens matériels, elles ne peuvent pas les apporter avec elles. C'est ce qui les fait hésiter à passer la ligne, c'est ce qui les fait tant réfléchir et leur donne

pareille tête, c'est ce qui les fait se morfondre et se tendre dans deux directions opposées. Car si elles ont les sciences et les techniques, néanmoins elles n'ont pas encore pu découvrir comment suppléer au manque de moyens ou comment, ces moyens existant, se les approprier et les détourner de leur but premier.)

J'écoute Manastabal, mon guide. Je regarde les bicéphales ballottées d'avant en arrière et leurs têtes dont parfois une des moitiés a les yeux fermés. Et j'aperçois tout à coup qu'au milieu de leur cortège il y a un défilé important de machines de toute sorte portées à bout de bras parmi lesquelles je reconnais un bon nombre d'ordinateurs. Alors comme je m'approche d'elles pour les féliciter de leurs bonnes prises, Manastabal, mon guide, me retient par le bras en disant :

(Ne te casse pas, Wittig. Ce sont tous des modèles démodés ou en voie de l'être avant même d'arriver à destination. Et elles le savent.)

XXV

Assise à une table du rez-de-chaussée, je regarde avec contentement les allées et venues autour du bar. J'ai envie de me lever, à chaque nouvelle arrivante, pour aller à sa rencontre et lui faire mes compliments de se trouver en pareil lieu. Ou encore de me mettre debout sur la table et de porter un toast en bloc à toutes les transfuges, toutes les runaways, toutes les marronnes qui se trouvent ici réunies. Ma satisfaction de les voir hors d'affaire s'exprime si bruyamment qu'à la fin Manastabal, mon guide, s'exclame :

(Eh bien, Wittig, es-tu contente !)

À quoi, la crête un peu tombée, je réponds :

(C'est que, après l'enfer, on dirait une bouffée d'air frais.)

Mais Manastabal, mon guide, dit :

(Tu oublies vite ! À peine si tu as besoin quelquefois d'une baignade dans l'Achéron. Mais n'importe comment il faut que tu fasses le joli cœur. Aussi je te prie, pas de toast pour moi.)

Je bois ma tequila sans rien dire désormais, en détournant mes yeux du bar. J'examine ce que mon intervention aurait eu d'intempestif et de malvenu, dans ce qu'elle pouvait se comparer à des interpellations de marin en bordée. Pour changer la disposition générale, je dis à Manastabal, mon guide :

(Comment se peut-il, Manastabal mon guide, que tu fasses tant crédit à l'intelligence des âmes damnées, comme dans le cas des bicéphales ? J'ai toujours tendance à penser, quant à moi, que seul un certain degré d'abêtissement peut expliquer qu'on reste en enfer.)

Manastabal, mon guide, dit :

(C'est que ton principe à toi c'est : ou bien... ou bien.

Tu n'établis pas de nuances. Tu ne vois rien de complexe à ce sur quoi repose l'enfer. Tu déclares qu'il faut le détruire et tu t'imagines qu'il suffit de lui souffler dessus.)

Et comme je proteste, elle dit :

(D'ailleurs il ne s'agit pas de toi mais des personnes concernées. Il est vrai que je suis convaincue et cela par expérience que les plus grandes intelligences humaines se trouvent chez les âmes damnées. La raison en est qu'une fois qu'elles ont l'intelligence de ce qui se passe elles sont mises au défi de l'exercer par toutes les lois qui régissent leur monde et du coup la développent dans beaucoup plus de directions que ce qui est requis dans le camp dominant. De plus, il leur faut faire avec une pensée double et cette duplicité les mène quelquefois comme tu as vu à développer deux têtes. Et c'est un fait, je ne le nie pas, c'est presque de la passion que j'éprouve pour l'intelligence aux prises avec elle-même et qui ne lâche pas.)

XXVI

Le vent cesse subitement de souffler. Les larmes forcées par sa pression sur les yeux s'arrêtent de couler. Et je vois

sous le soleil éclatant la prolixité des couleurs, la profu-
sion des fleurs et des plantes, je respire l'air devenu tiède
et embaumé. Manastabal, mon guide, est à quelques pas,
immobile dans une contenance que je ne lui connais
qu'en paradis. En effet ce n'est pas ainsi qu'elle se tient
ou qu'elle m'apparaît dans les bars et les cafés des limbes
ou dans les lieux maudits de l'enfer. Je lui demande s'il
sera bientôt temps de quitter l'enfer et de prendre le
chemin de l'autre côté des limbes pour atteindre une fois
pour toutes le paradis où on est ici et maintenant par
accident et de façon provisoire. Manastabal, mon guide,
répond en ces mots :
(Ici même en paradis, j'atterris comme toi à mon insu.
Je ne peux donc pas t'y guider. C'est là la tâche de celle
qui t'y attend au milieu des anges. Mais on n'en est pas
encore là.)
Ce que je dis alors c'est :
(Je te prie, Manastabal, mon guide, dis-m'en tout de
même davantage.)
Et elle :
(Regarde plutôt.)
Je regarde donc et je vois arriver du côté du soleil celle
qui est ma providence, accompagnée de toute une
cohorte de séraphins, archanges et anges de toute sorte.
Elle vient à moi avec un sourire radieux. Elle s'arrête
pourtant à quelques pas de moi ainsi que sa cohorte. Le
ruissellement continu de lumière autour d'elle ne m'empêche pas de remarquer que, tandis qu'elle ouvre la

bouche pour me parler, je n'entends pas le son de sa voix, je ne distingue aucune parole. Il y a comme une vitre épaisse mais invisible entre elle et moi. Il me semble qu'on est une fois de plus sur le point de retomber sur la terre dure. Et je ne vois pour le coup pas le moindre buisson de fleurs où m'accrocher, il n'y a que les tiges sans aspérité des lys blancs des sables qui ici croissent. Si c'est une question de mots, il me manque le sésame ouvre-toi de la fable pour casser la glace. Je reste là à me tourmenter de ne pouvoir rien inventer qui le vaille. Celle qui est ma providence, voyant les mouvements désordonnés et sans nul doute comiques que je fais dans mon impuissance à l'atteindre, se met à rire et de rire finit par se tordre les côtes. Je lui réponds du mieux que je peux tout en disant à Manastabal, mon guide :
(Manastabal mon guide, tant qu'on ne peut pas leur parler, on peut au moins rire aux anges.)

XXVII

À la place des maisons il y a des cabanes foraines qui sont toutes des stands de tir. Les âmes damnées de chaque maison y sont représentées et exposées comme cibles, nues jusqu'à la taille. Je les vois de loin comme je m'avance dans l'avenue principale, avec Manastabal, mon guide. Ma vue brouillée par la colère et la douleur ne me montre d'abord que les sourires immobiles et les postures de mannequins. D'un peu plus près pourtant, les peaux qui se hérissent, les grains de beauté ou bien même les boutons qui y sont exposés me convainquent qu'il ne s'agit pas de simples représentations mais des personnes physiques elles-mêmes. Et quand enfin je vois ce que mes yeux, s'accrochant jusque-là à la hauteur des sourires, ont refusé de voir, peu s'en faut qu'ils ne sautent hors de leurs orbites. Les âmes damnées ont la cage thoracique ouverte, leurs côtes sciées exposant le cœur car c'est à même cet organe battant que les usagers des stands tirent. Elles se tiennent debout sans bouger, appuyées sur une jambe, un genou fléchi et elles sont à peine secouées quand une balle, une flèche ou un couteau leur perforent le thorax. Sur la figure de certaines, le sourire est en train de faire place lentement à une grimace tandis que le nombre des perforations les transforment peu à peu en madones des sept douleurs. Néanmoins elles ploient à peine leurs jambes et tiennent la pose tandis que leurs bras et leurs mains ne se portent pas en avant pour protéger leurs torses mais pendent de chaque côté du corps. Je parie qu'elles poussent la bonne grâce à rester ainsi debout, accablées, mais avec, dans les grimaces de souffrance, un demi-sourire, même après qu'elles sont mortes. Avant que Manastabal, mon guide, ait le temps de me retenir, je me rue vers la première

90

cabane foraine à ma portée. Je n'ai moi-même que mon fusil et je ne peux pas tirer dans le tas. Alors je frappe de la crosse à droite et à gauche, me débarrassant de tout ce qui gêne les francs abords du stand de tir. Je saute par-dessus le comptoir sans me laisser arrêter par les appels de Manastabal, mon guide. Mais, une fois là, je ne sais plus quoi faire. Les âmes damnées m'ont attendue, semble-t-il, pour relâcher leurs attitudes figées, car elles me tombent toutes dans les bras à la fois, la plupart dans des râles. Quand enfin Manastabal, mon guide, me rejoint, j'essaie de dégager en même temps mon bras droit et mon bras gauche en redressant des âmes damnées affaissées. Manastabal, mon guide, crie :
(Tu ne peux plus rien faire pour elles, tu vois bien qu'elles sont mortes ou mourantes. Mais tu vas nous faire tuer avec ta précipitation.)
En effet les usagers du stand de tir, sauf ceux qui ont eu le crâne ouvert par ma crosse, furieux d'avoir été privés de leurs cibles et croyant qu'on les leur dérobe, avec l'aide des usagers des stands voisins, s'apprêtent à charger le comptoir derrière lequel on se tient au milieu des mortes et des mourantes. Jamais depuis que je vais et viens dans l'enfer avec Manastabal, mon guide, on ne s'est trouvé dans un aussi mauvais pas. Je lui demande de me pardonner et je m'apprête à faire front quand Manastabal, mon guide, s'arrange pour rendre la fuite possible en jetant à l'adversaire de la poudre aux yeux. Il croit en effet qu'on est retranché derrière les âmes

damnées dont certaines sont encore à demi debout n'ayant pas terminé leur chute, d'autres formant une pile, quand dissimulé par la toile de bâche de l'arrière de la cabane, on se ménage une sortie dans un interstice, ni vu ni connu. C'est plus tard, quand on a pris une bonne distance avec le champ de foire, que Manastabal, mon guide, dit :

(Ma parole, sans moi, tu les aurais attaqués à une contre cent. Ne connais-tu pas les vertus de la fuite en de certaines occasions ?)

Et comme je lui demande si on aura souvent à fuir en cours d'opération, elle dit :

(Mais certainement, chaque fois qu'on aura fait une faute de manœuvre.)

XXVIII

On marche en plein après-midi dans les avenues de la ville. Par endroits, entre les blocs des hauts buildings, la mer cérulée apparaît. D'autres personnes semblent converger vers le même point que celui choisi par Manastabal, mon guide. Mais j'ignore ce qu'il est jusqu'à ce qu'elle dise :

(Apprête-toi, Wittig, pour cette présente revue dont la première n'a été que le prélude.)

Les muscles de mon abdomen se durcissent à son annonce et mon plexus se noue. Je remarque que la plupart des individus qu'on dépasse s'enveloppent dans un voile de tête dont un pan est remonté vers le visage. D'autres ont des manteaux dont ils rabattent le capuchon sur la figure. Quand on arrive à la Mairie, la foule encapuchonnée est maintenant compacte, Manastabal mon guide, et moi, étant les seules personnes à visage découvert. Aujourd'hui il n'y a pas de banderolles, pas de girandoles, pas de guirlandes de fleurs, pas de lampions, pas de confettis. L'attente est de courte durée, comme si le défilé n'avait obtenu qu'une très courte période de temps de la police. Les tambours et les grosses caisses battent et on voit arriver, soutenez-moi mes sœurs, ce qu'on ne voit jamais physiquement quoiqu'on en ait la connaissance abstraite. Des âmes damnées dont les pieds ont été découpés et qui maintenant sont bandés comme des bouts de pieux, tout ronds, marchent les premières car il faut bien qu'elles règlent la vitesse de l'avance générale. À d'autres ce sont les tendons d'Achille qu'on a sectionnés, on les voit se traîner à ras de sol. Celles qui suivent derrière ont sûrement les pieds intacts comme elles semblent pouvoir marcher. Mais jusqu'à six de leurs doigts ont été amputés à leurs mains (non pas les pouces ou les index évidemment parce que cela gênerait leur rendement). Manastabal, mon guide, me pince le biceps car je suis sur le point de perdre la raison et mes yeux exorbités n'ont plus besoin que d'une légère secousse pour rouler sur le sol. Néanmoins elles continuent de passer au son des tambours, des grosses caisses et des tam-tams. De temps à autre le son aigu de la trompette découpe l'air. À présent ce sont celles dont les bouches ont été déformées pour en faire des plateaux qui marchent en corps dans la revue. Elles sont immédiatement suivies d'âmes damnées dont le cou est étiré en hauteur par une série d'anneaux superposés dont elles ne peuvent se départir sans avoir la colonne vertébrale qui s'affaisse et la moelle épinière répandue à la nuque. Il est évident que le cortège ne peut être que très lent. Cependant le battement des tambours, des grosses caisses et des tam-tams s'accélère et des voix impératives sortant des haut-parleurs, pressent les créatures humaines qui, en dépit des efforts qu'elles font pour ne pas buter contre celles qui les précèdent, finissent dans un grand emmêlement et confusion de corps. Qu'à cela ne tienne, elles ne seront pas rejointes de sitôt par celles qui les suivent. Celles-ci en effet font leur progression au ralenti, portant entre les mains leur foie qui pend au-dessous de leurs côtes, distendu par l'engraissement forcé. De temps à autre l'une ou l'autre d'entre elles s'arrête pour cracher de grands jets de bile verte. Celles qui n'ont qu'un rétrécissement de la taille à montrer, obtenu soit à l'aide d'un collier de perles, soit d'une armature allant de la taille aux aisselles et comprimant

94

les côtes et la cage thoracique à la fois, semblent privi-
légiées, quoiqu'on puisse remarquer chez la majorité
d'entre elles une tendance à suffoquer, asphyxier et
tomber dans les pommes. Ce que voyant je sors le flacon
d'éther que celle qui est ma providence m'a donné
comme un remède en de certaines extrémités, pour voler
à leur secours, mettant ainsi fin à l'hébétude qui est mon
lot depuis le début de la revue. Avant que j'aie eu le
temps d'accomplir mon projet, Manastabal, mon guide,
me fait rempocher sur-le-champ ma précieuse denrée et
me désigne l'entourage immédiat. Il s'est fait de chaque
côté du défilé une barricade serrée de cagoules blanches
sous le manteau desquelles on voit des mitraillettes
dépasser. Aucun des regards que je croise n'est amène,
j'ai beau avoir contre ma hanche le rayon laser de
Manastabal, mon guide, je n'en mène pas large et mes
genoux faiblissent. Je fais retraite précipitamment donc
sans être molestée et tiens ma station un peu à l'écart
pour voir arriver la fin de la revue. Comme on peut être
engraissé de force, on peut être engrossé de même, on
les voit passer avec un abdomen proéminent et dispro-
portionné par rapport à la taille des squelettes, fait
d'autant plus frappant quand ce sont des enfants. Celles
qui sont châtrées suivent en plusieurs pelotons consti-
tués suivant leur forme de mutilation, qui n'ayant que
l'absence d'un clitoris à déplorer, qui privées en plus du
capuchon, des nymphes, des corps caverneux, des grandes lèvres et de toute la musculature du bulbe vulvaire,

qui n'ayant plus à la place de leur appareil sexuel que des gros points de couture pour fermer une bouche à qui on a coupé les lèvres et la langue. Manastabal, mon guide, s'approche de moi à grandes enjambées pour me relever, car je me suis laissée tomber sur le bas-côté de la route, la tête enfoncée dans la terre et les aiguilles de pin. D'une voix dure elle dit :

(Vraiment, Wittig, on dirait que c'est toi qui souffres.)

Mais mes jambes refusent de me porter, ma colonne vertébrale perd sa rigidité d'os et les sanglots m'étouffent au point que j'articule avec peine :

(Ah un tel spectacle, Manastabal, mon guide ! Faut-il que ça existe ?)

Et elle :

(Sache que les douleurs morales ne sont pas de saison et qu'il y a un temps pour tout. Essaie donc de te contenir par respect pour le degré de malheur de ces pauvres âmes damnées pour lesquelles ton chagrin est une insulte de plus.)

Elle me met debout en me tenant aux aisselles et je dois de nouveau diriger mes yeux vers l'étendue goudronnée grise dont le grain m'apparaît comme en gros plan. On a dû pour la parade vider tous les hôpitaux de la ville et si on avait pu faire marcher les mortes on aurait également vidé les morgues, car celles qui passent à présent ont à peine figure humaine. Certaines font montre de banales contusions, bleus, hématomes, yeux pochés. D'autres ont la mâchoire et le nez cassés. Certaines ont

des membres dans le plâtre et marchent sur des béquilles. D'autres ont des organes éclatés, la carotide tranchée, des perforations par balles, des lacérations par couteau, des cages thoraciques enfoncées à coups de pied. Les roulements de tambour, de grosse caisse et de tam-tam se dispersent maintenant sur toute l'avenue, avançant avec la parade, entrecoupés par les sons déchirants de la trompette. Les âmes damnées quant à elles défilent dans le plus grand silence et, dans l'extrémité de leur malheur physique, n'émettant pas même un soupir, elles passent pétrifiées. C'est bien ça le pire et je préférerais mille fois le murmure têtu de la gare centrale ou les hurlements les plus atroces du dernier cercle de l'enfer. À quoi Manastabal, mon guide, dit :
(Mais *c'est* le dernier cercle de l'enfer, le point limite de l'existence qui ne se maintient ici que par la force têtue de ce que Descartes appelle les esprits animaux. N'y a-t-il pas là de quoi forcer ton admiration ?)
Je n'ai pas de voix pour répondre à cause de la constriction de ma gorge. D'ailleurs c'est la fin de la parade, derrière laquelle se referme en masse une foule de cagoules blanches qui talonnent de près les retardataires, les faisant se hâter à coups de poing, de cravache, dans des grands cris de haine.

XXIX

Une fois qu'on s'est éloigné du bord, Manastabal, mon guide, me passe les rames de la barque tandis qu'elle se tient debout à l'arrière. Il s'agit de la traversée du fleuve Achéron où Manastabal, mon guide, me mène prendre un bain. Je me mets donc à ramer du mieux que je peux, encore que l'aviron ne soit pas mon sport favori. Mais à peine a-t-on avancé de quelque peu que des vapeurs ocre montent du fleuve en rouleaux. Elles se pressent si épaisses autour de la barque que je ne distingue plus rien autour. Et la figure même de Manastabal, mon guide, se brouille. Si je la vois mal, néanmoins j'entends sa voix me crier quelque chose de façon répétée. C'est en vain, comme je ne comprends pas ce qu'elle dit. Car l'air que j'inhale me monte à la tête et sur-le-champ j'oublie qui je suis ou avec qui ou ce que je suis en train de faire. Une grande jubilation me vient et mes membres sont si légers que le maniement de la barque cesse d'être un effort. On avance donc à grande vitesse comme dans du coton mouillé sans que je sache dans quelle direction. Mais, outre que je ne vois rien, je n'ai plus aucun sens sinon celui immédiat de l'élément liquide. Comme j'écoute les sons de mes coups sur l'eau s'amortir dans la matière lourde de l'air, je suis ceinturée tout à coup, dépossédée de mes avirons, jetée au fond de la barque où je gis abasourdie. Je n'ai pas le temps de me redresser, protester, poser la moindre question quand la barque est violemment secouée et se met à tourner sur elle-même à la façon d'une toupie. En même temps j'entends une voix crier :

(Sauve qui peut Wittig ! Plonge !)

Mais, comme le mouvement de toupie s'accélère, en proie à la nausée et au vertige, je reste terrassée au fond de la barque qui, tout en tournant sur elle-même, est propulsée en avant de plus en plus vite. À un moment donné tout s'immobilise, la barque cesse de tourner et bientôt d'avancer. Déjà je lève les yeux et je me redresse, prête à profiter du répit. Mais il est de courte durée. La barque comme animée d'un mouvement volontaire change de direction sans aucun pilotage et fonce à l'oblique dans la direction d'un îlot rocheux tout à coup visible à travers le brouillard. Alors des craquements violents se font entendre dans le bois du bateau, les clous qui le composent brusquement sautent, et, l'une après l'autre, les planches se dissocient, s'arrachent les unes aux autres, vacillent de tout côté et se dispersent. Je m'enfonce donc au plus profond du fleuve, dont il me semble bien que j'ai touché le fond. Mais de cela je ne jurerais pas, car, à un moment donné, en plus de l'oubli que j'ai gagné, j'ai totalement perdu connaissance. C'est du sommeil pourtant que je crois revenir et si ce n'est pas la douleur due aux écorchures, hématomes ou contusions qui me réveille, alors c'est la voix de Manastabal, mon guide. Elle dit :

(Cette fois-ci, Wittig, j'ai bien cru que je n'arriverais pas à t'en sortir. Quel bouillon ! Tâche de faire meilleure figure car tu me dois une fière chandelle. Si tu avais suivi mes instructions, rien de tout cela ne serait arrivé.)

Je suis étalée de tout mon long sans pouvoir bouger sur un banc de sable de la berge et je m'empresse de remercier Manastabal, mon guide, pour son sauvetage. Comme je lui demande quelque explication du naufrage et de sa présence en ce lieu que j'avais oubliée, elle dit : (As-tu donc oublié que j'ai crié : plonge ? Quant à moi j'ai plongé. Bien m'en a pris car au lieu d'aller en ligne droite comme il était convenu tu as trouvé moyen de diriger la barque sur cette île où on est. Ces rochers sont une masse d'oxyde de fer qui, comme tu sais, est de l'aimant, et sa quantité est telle qu'il peut déclouer toute barque, bateau, bâtiment qui passe dans sa zone d'influence. J'ai plongé avant.)

XXX

Dans l'impasse qui mène au palais où se tient la foire d'empoigne, déjà, il y a une pauvre âme damnée que des adversaires se disputent. Je les menace avec le rayon laser

que Manastabal, mon guide, m'a donné et ils se sauvent en abandonnant leur proie sur le pavé, étourdie, incapable de se supporter, mais intacte. La même scène se répète dès qu'on passe le seuil de la salle où se tient la foire d'empoigne et se multiplie au fur et à mesure qu'un haut-parleur annonce des noms, dans un chaos et une confusion extrêmes, car la première empoigne n'est pas terminée que la deuxième commence et ainsi de suite. Les adversaires se mettent à deux, à trois et quelquefois même à quatre pour empoigner (la foire est bien nommée) une âme damnée bien inférieure en nombre puisqu'elle est toute seule. Et s'ils se contentaient d'empoigner ce ne serait que moindre mal, mais ils tirent à qui mieux mieux, chacun de leur côté, qui des membres, qui des quartiers de corps. Des sons inhumains que les gorges ne peuvent pas contenir et qui sont causés par l'écrasement des plexus se font entendre et glacent le sang dans mes veines. Je me précipite, usant du rayon laser que Manastabal, mon guide, m'a donné, à grande vitesse, précision et répétition, en leur criant :
(Mais que ne leur arrachez-vous la tête d'entrée de jeu ? Qui veut la fin veut les moyens ! En existe-t-il de trop horribles pour vous ? Ce rayon laser vous l'aurez voulu, car il y a trop longtemps que je vous vois à l'œuvre.)
Puis comme Manastabal, mon guide, se tient à mes côtés, au milieu de la mêlée, je lui crie :
(Tu ne me feras pas croire que c'est à une visite guidée des enfers que tu m'as conviée. Ah je ne te demande plus

de rebrousser chemin car je ne sortirai pas d'ici que je
ne les aie tués tous jusqu'au dernier.)

Un rayon laser est supérieur en efficacité à une épée mais
aussi à un revolver, à un fusil et même à une mitraillette.
Dans ce cas précis, il me permet de les toucher un à un
sans atteindre leurs victimes et à une vitesse telle que la
salle n'a pas le temps de réagir. Il est vrai que la colère
me donne des ailes et que la vitesse et l'imprévisibilité
de mes mouvements empêchent que je devienne une
cible. Ils sont pétrifiés par la terreur et pas un ne songe
à me tirer dessus. Qu'avec mon rayon laser je fasse figure
d'ange exterminateur au jugement dernier, est de peu de
conséquence ici car si je me méfie des symboles je crois
à la lettre, et ange ou non, j'aplatis tout ce qu'il y a
d'adversaire en une minute ou deux, battant ainsi un
record de prouesse dans ce genre de récit. Et comme ma
tâche est en train de s'achever, une grande jubilation me
vient et j'entame un éloge à la gloire de la technologie
moderne qui donne un tel pouvoir de feu à une personne
contre beaucoup d'autres. Manastabal mon guide, interrompant mon panégyrique, me montre les objets du
sauvetage. La majorité est en piteux état. Quelques-unes
ont la carotide tranchée d'un coup de rasoir. Certaines
ont perdu toutes leurs dents. À d'autres les membres
pendent, inertes. Il y en a qui sont évanouies. Je regrette
en tout cas de n'avoir pas pris mes boules quies pour
atténuer le son des gémissements. Si je pouvais choisir,
je me contenterais d'écouter les imprécations qui galva-

nisent, car, pour les autres bruits, ils coupent les jambes et mènent au bord de la défaillance musculaire. Manastabal, mon guide, organise les secours avec celles qui sont sorties indemnes de la foire d'empoigne. Il faut tout d'abord trier les vivantes et leur porter secours, des cadavres on ne disposera qu'ensuite. Malgré le tumulte ambiant, j'arrête une passante pour lui demander ce qu'il en est de la foire d'empoigne où le parfum fétide du sang remplace l'odeur de fleur d'oranger des fouaces telle que je me la rappelle d'anciennes foires. L'interpellée s'étonne et dit :

(Étrangère, tu peux me libérer en un clin d'œil. Réponds sérieusement : ne sais-tu vraiment pas ce qu'est une foire d'empoigne ?)

Et comme je lui affirme que j'en ignore tout, elle se jette par terre dans des transports soudains en disant :

(Ah que n'existes-tu, divinité, afin que je fasse éclater ma gratitude !)

Au lieu de quoi elle saute sur ses pieds et tente de m'entraîner dans un galop. Je n'ai pas le courage pour rabattre sa joie de lui montrer l'amoncellement de corps dont certains inertes. Déjà je me détourne pour me joindre à la tâche générale quand à bout de souffle elle dit :

(En peu de mots, la foire d'empoigne est le système par lequel on est distribué, c'est pourquoi on est amené dans cette salle. Vois-tu la chaire à l'autre bout, surmontée d'un bureau ? Avant que tu interviennes

103

avec ton rayon laser, un juge a été assis là-haut, frappant un coup de gong pour chaque empoignée, annonçant au haut-parleur à qui l'attribuer. On peut voir les empoignées à la sortie des foires d'empoigne attachées à l'arrière des camions car c'est ainsi qu'on les transporte.)

Mais je l'interromps pour lui demander ce qu'on fait d'elles après la foire. Elle me regarde et paraît douter de ma bonne foi. Mon statut d'étrangère doit sans doute m'en donner le garant puisque c'est en riant qu'elle dit :

(Jamais je crois ignorance n'a été aussi bonne à rencontrer. Aujourd'hui même je passais à l'empoigne. Ce qu'il m'aurait fallu faire ensuite, est-il bien utile de te le décrire ? D'où que tu viennes, le service dans ton monde ne peut pas avoir des formes très différentes et les soins corporels à dispenser régulièrement sont, comme tu sais, une des pires impositions. Quand on n'est encore qu'un enfant qui se plaît à courir, on doit apprendre à rester assis, à ne pas bouger, à ne pas utiliser ses pieds, ses bras ou ses mains. Comme tu vois, la résistance est bien improbable. Malgré tout, le croiras-tu, étrangère, les précautions ne paraissent pas suffire. Certains empoigneurs jugent bon de couper les tendons d'Achille pour rendre toute fuite irréalisable. D'où le proverbe, à bon empoigneur salut.)

Je ne peux pas m'empêcher de crier :

(Après l'empoigne de toute façon votre nombre doit être très réduit !)

104

Et elle :
(Celles qui ne récupèrent pas assez vite sont achevées sur place. On ne se donne pas la peine de les transporter. Quant au reste, pour renouveler leur vigueur on leur tape dessus. Je suppose que la perte n'est pas assez appréciable pour lui sacrifier le plaisir du sport. Mais dis-moi, étrangère, qui dans ton monde sert pour le plaisir du sport ?)
Et comme je ne sais pas quoi lui répondre, je me tais. Alors elle :
(Je t'en prie, laisse-moi venir avec toi car j'apprends vite.)
En d'autres lieux je rirais de son emportement. Au lieu de quoi, telle saint Martin, je partage mes vêtements avec elle et je lui demande si elle a entendu parler des lesbiennes. Mais elle :
(Allons donc, étrangère, je vois bien que tu te moques de moi ! C'est chez ces monstres qui ont des poils sur tout le corps et des écailles sur la poitrine qu'on est déporté si malgré le dressage on résiste. Mais, pour le lieu, je l'ignore.)
Et comme je lui demande dans l'étonnement où m'ont plongée ses nouvelles ce qu'il advient de celles qui ont été déportées, elle répond sans aucune hésitation :
(Eh bien, puisque tu me le demandes, on n'entend plus parler d'elles, soit qu'elles sont dévorées par les lesbiennes qu'on affame sur leurs terres, soit qu'il leur pousse poils et écailles à leur tour. Mais je n'en sais pas plus. Je t'assure bien, étrangère, que je n'aurais pas choisi

105

d'aller à la foire d'empoigne s'il y avait le moindre espoir du côté des monstres.)

Je ne relève pas ce que l'idée d'aller délibérément à la foire d'empoigne a d'ironique, car même quand on est totalement écrasé il arrive qu'on croie l'avoir choisi. Mais je dis :

(Ça tombe vraiment mal car moi, dès que le boulot ici est terminé au mieux possible, je retourne chez les monstres.)

Et c'est vrai qu'elle apprend vite car elle me demande tout à trac :

(Montre-moi tes poils et tes écailles pour que je puisse décider en connaissance de cause.)

Je ne peux pas m'empêcher de lui dire que quand on est en service commandé elles sont invisibles. Et je retire ma chemise pour lui montrer la peau de mon torse et de mes épaules :

(Juge par toi-même.)

Il semble que ses yeux n'y suffisent pas car elle met ses deux mains avec précaution d'abord sur mes épaules, mes bras et ma poitrine. Puis, comme elle fait mine de continuer son inspection, je l'arrête par ces mots :

(On n'est pas à l'empoigne ici ! C'est assez donc d'une exhibition. Alors, dis-moi, c'est oui ou c'est non ?)

Elle ne se laisse pas rebuter et me demande :

(Au moins fais-moi voir même de loin ton clitoris. Car c'est, dit-on, ce qui est le plus caractéristique des lesbiennes.)

L'arrivée de Manastabal, mon guide, me tire d'embarras et, mise au fait, elle s'adresse ainsi à mon interlocutrice : (Assez lambiné. C'est les poils les écailles et le clitoris ou rien.)

Je les suis derrière la file des rescapées, non sans avoir d'abord dit :

(Ce qui est vrai dans tout ce que tu as entendu, c'est qu'on n'a rien à bouffer. Ne crains rien pourtant, tu n'auras pas plus faim qu'avec un maître qui pour te faire venir l'eau à la bouche se gorgerait sous tes yeux.)

Des brancards éparpillés dans la file des rescapées portent celles qui ne peuvent pas marcher. Les porteuses se relaient. À la queue leu leu on se dirige vers le désert tandis que le soleil est encore haut dans le ciel.

XXXI

(Seule la passion active, Wittig, conduit à ce lieu, bien que les mots pour la dire, n'existent pas. On en parle généralement sous le nom de compassion. Mais pour la sorte dont je parle le mot n'est pas de mise. Car elle bouillonne, fermente, explose, exalte, embrase, agite, transporte, entraîne tout comme celle qui fait qu'on est embrassé à sa pareille. La même violence y est et la tension. La passion qui conduit à ce lieu tout comme l'autre coupe les bras et les jambes, noue le plexus, affaiblit les jarrets, donne la nausée, tord et vide les intestins, fait voir trouble et brouille l'ouïe. Mais aussi tout comme l'autre elle donne des bras pour frapper, des jambes pour courir, des bouches pour parler et des facultés pour raisonner. Elle développe les muscles, fait faire l'apprentissage des armes et des divers métiers et change la forme du corps. Si ce n'est pour cette passion active, Wittig, que ferait-on dans ce lieu maudit et qu'est-ce qui permettrait de l'endurer ? Tu m'a posé bien souvent des questions sur mon détachement. Vois maintenant ce qu'il en est.)

C'est ainsi que Manastabal, mon guide, assise à une table du rez-de-chaussée en face du long bar, vient de parler. À ses côtés je bois ma tequila tout en m'émerveillant de l'aise des danseuses, car sauf quand on y est en service commandé on ne pense pas à l'enfer à chaque instant. Il existe dans les limbes, grâce à qui y ont pourvu, des endroits où on est rendu à soi-même et où on échappe à l'observation et au regard constant. Ce n'est pas le paradis mais sans eux c'est l'enfer, c'est dire à quel point ils sont précieux et nécessaires en même temps que précaires et rares. Mais voici ma réponse à Manastabal, mon guide :

(De la passion active je retiens surtout les jambes pour courir et le mieux ce serait encore un marathon général. N'est-il pas déjà amorcé par celles qu'on est ici, des runaways, des marronnes ? S'il faut courir donc on courra encore.)

Et elle :

(Mais où, Wittig, telle est la question ? A-t-on un Mississippi à franchir au-delà duquel on serait libre ? On court bien mais en rond. On est très peu à l'arrivée parce qu'il n'y a nulle part où arriver.)

Alors je dis :

(Ah ! Manastabal mon guide, c'est pas demain la veille qu'on sera en paradis.)

Quelqu'une, qui n'a pas les yeux dans ses poches, s'approche de la table pour inviter Manastabal, mon guide, à danser. Il me paraît incongru qu'elle puisse suivre quelqu'une sur la piste de danse. Mais elle, avec la douceur d'un Virgile prêt à céder au premier beau garçon venu, déclare qu'il lui est pénible de devoir refuser. Je m'émerveille en silence de l'extension inattendue de la passion active. Et Manastabal, mon guide, de dire :

(Tu ne voulais tout de même pas, Wittig, que je l'envoie paître ? D'ailleurs tu as pu remarquer que les relations qu'on a pendant ce voyage avec les âmes des limbes sont de pure courtoisie. On les croise. On les connaît à peine. On leur parle peu. On les laisse passer.)

Et moi, l'inquiétude me prenant :

(Es-tu bien sûre qu'on en reviendra ?)

XXXII

Les anges ont maintenant cassé la glace et il est aussi aisé
de les entendre que de les voir. Les oreilles jusque-là
comme bouchées de cire s'ouvrent. La pression tiède du
vent les amollit et la musique des anges les baigne,
triomphante. Il s'agit bien de l'opéra des gueuses chanté
tout à leur gloire. On peut distinguer, allant et venant le
long des passerelles qui relient le paradis et les limbes,
des anges en pagaille, des chérubins, des séraphins, des
archanges et des messagères des deux mondes. Le récitatif de l'opéra se développe dans les intervalles des arias
des duos des trios ou des chorals. Il est repris au fur et
à mesure par des récitantes variées. Chacune à leur tour,
tout en répétant le thème du récitatif, s'adresse à une
arrivante des limbes et la fait entrer dans l'opéra. C'est
ainsi que Manastabal, mon guide, est approchée par un
archange de belle taille avec des muscles aux épaules et
aux bras tandis que mon chérubin m'entraîne vers son
côté de la scène avec toute sorte de sauts périlleux. Alors
on peut voir les habitantes des limbes, les maffiosi avec
leurs revolvers dans leurs baudriers, celles qui s'avancent
les épaules ceintes de cuir noir, les gangsters, les bandits,
les criminelles et les autres cheminer sur les passerelles
chacune en compagnie de son bon ange. Les lumières
éclatent, le soleil brillant à l'est et à l'ouest en même
temps. J'aperçois Azrael, l'ange brillant de la mort, dans

une cohorte de transfuges de l'enfer. J'aperçois avec eux Appolyon et Abaddon, les anges de l'abîme. J'aperçois en outre Zadkiel, Uriel, Michael, Chamuel, Raphael, Jophiel, Abdiel. Les transfuges de l'enfer et les habitantes des limbes font entendre leurs voix dans les chorals et répondent tout à loisir au récitatif qui leur est adressé. Les instruments de musique sont modernes, ce sont des percussions, des trompettes, des saxophones. Les voix parfois longtemps tenues passent des stridences les plus aiguës aux vocalises les plus basses. Elles roulent sourdement ou planent comme le plain-chant. À personne n'est déniée l'entrée de la cité céleste, c'est pourquoi l'allégresse tonne dans les chants. Une fois éclairées, transfigurées, les nouvelles arrivantes se confondent, brillant de tous leurs feux, avec les anges, même leurs voix sont difficiles à distinguer. Au final de l'opéra, des anges cavaliers débouchent comme des bolides, caracolant de tous côtés sur la scène, sonnant de la trompette en se retournant sur leurs selles, tels des Parthes qui en fuyant décochent leurs flèches.

XXXIII

Il ne fait pas encore nuit au fin fond de l'enfer quand Manastabal, mon guide, me fait entrer dans ce qui

s'appelle ici le temple de l'amour, c'est pourquoi mes yeux éblouis ne distinguent pas d'abord ce qu'ils sont supposés voir. Je suis affublée d'un fouet à manche court et à lanière unique que Manastabal, mon guide, m'a donné en disant :
(Tu en auras besoin là où on va. N'hésite pas à t'en servir car je n'y serai qu'en simple témoin.)
Bien que je me sois déjà servie d'un fouet surtout après avoir vu l'incomparable Annabel Lee manier le sien avec tant de précision et d'expertise dans une baraque de foire, je me sens tout encombrée de celui-ci comme je ne sais pas encore à quoi il est destiné. Et dans cet état d'ignorance je suis heureuse, tant il est vrai que les horreurs de l'enfer se surpassent l'une l'autre et que la dernière rencontrée semble à chaque fois le comble en la matière. Manastabal, mon guide, presse mon épaule et je me raidis tout d'un coup comme tout d'un coup je vois ce qu'en enfer on appelle l'exercice de l'amour. Et je ne m'étonne plus que ce terme soit en train de tomber en désuétude. Les pauvres âmes sont nues et je ne sais pas ce qu'on leur a fait mais elles sont inertes comme des poupées de son, leurs bras ballant, leurs jambes sans force, leur tête pendant. Je me tourne vers Manastabal, mon guide, pour lui crier :
(Pourquoi m'avoir amenée ici si elles sont toutes mortes ? Suis-je destinée à visiter tous les charniers de ce bordel d'endroit ?)
Et ce qu'elle dit c'est :

112

(C'est un charnier, tu as raison. Mais regarde bien car elles vivent encore.)

En effet elles sont vivantes. Ici et là, l'une d'elles soupire, laisse tomber une jambe, se redresse, touche ses cheveux, l'une d'elle même, ah spectacle hideux, bâille. Quoi, elles bougent, elles font un vague signe de vie, elles qui sont comme des tronçons de corps amollis à la taille, comme des potiches avec un trou en haut et deux en bas, mises à l'endroit, mises à l'envers, incessamment enfilées par leurs ouvertures, bourrées jusqu'à fermeture complète. Mes yeux me sortent de la tête, je vois rouge puis jaune, la bave me coule et, si la pression de Manastabal, mon guide, ne se faisait plus forte sur mon épaule, je volerais en éclats. Je regrette tout fort de n'avoir qu'une lanière à mon fouet. Mais je me mets à cingler sur-le-champ et à pleine force les ennemis de l'amour tout en me répandant en imprécations :

(Hors d'ici, ennemis de l'amour, allez secouer vos pendentifs ailleurs et débarrassez-en le temple car ils encombrent ici autant qu'ils vous encombrent, et cela à tel point qu'ayant sans cesse peur de marcher dessus il vous faut les rancarder dans tout ce qui peut faire office d'abri. Un tiroir même suffit, je l'ai entendu raconter comme un glorieux exploit.)

Je frappe avec mon fouet, ce disant, à droite, à gauche, devant, derrière, le faisant tourner au-dessus de ma tête, le jetant au hasard sur des fesses et des dos. Je suis bientôt couverte de ma propre sueur et néanmoins ma violence redouble quand, se sentant visés, les ennemis de l'amour, paniqués, se redressent et tentent de fuir, la queue leur ballotant entre les jambes, les couilles tressautant. Je les poursuis sans coup férir et après qu'ils ont été rassemblés par ma lanière je les fouette en troupeau, en touchant plusieurs d'un coup. Certains frappés dans leurs parties molles se tordent en deux et tombent à terre, les jambes repliées contre le ventre. J'y vais si férocement que je leur arrache la peau et mets leurs muscles et os même à nu. Ma tâche est de les chasser du temple de l'amour, comme ils disent. Si j'avais été amenée ici pour couper des queues, c'est un coutelas de boucher qu'on m'aurait donné. Mais à Sappho ne plaise que je travaille à leur ultime glorification : l'avoir coupée. Tout en les poussant devant moi de mon fouet, manche et lanière, je continue à les admonester :

(Qu'en est-il dans l'amour de votre sens du toucher ? Vous l'avez tout concentré dans un bout de barbaque dont la principale activité est un mouvement mécanique de pendule. Toucher, pour vous, c'est enfiler, triquer, ramoner, raboter, pauvres secousses dont vous affirmez qu'elles sont les gestes de l'amour. Qu'en est-il de votre sens de la vue ? Il n'est pas dans l'amour pour un brin cinétique, se repaissant dans des masses horizontales, rampantes, inertes. De ses jouissances on est amplement informé. On sait tout également de votre sens de l'ouïe, dont le plus fort du plaisir réside dans les gémissements, les plaintes, les cris et les hurlements. Sur votre nez ainsi que sur votre palais vous êtes muets. Et tant mieux, car pour ce qui est du reste, moi une lesbienne, je ne peux que ricaner.)

J'accompagne mes remarques de longs coups de fouet, saisissant ça et là une queue que je tire enroulée et par laquelle je jette à terre son propriétaire hurlant. Mon fouet s'enroule autour de tailles, le bout de sa lanière claquant sur des fesses rebondies et obscènes. Pendant ce temps-là Manastabal, mon guide, se tient à l'écart, immobile, les bras croisés haut contre son torse, les épaules soulevées. Je crois voir un sourire sur ses lèvres et ses yeux briller. Je suis maintenant entourée de corps amoncelés, les uns amochés par la lanière, les autres assommés par le manche de mon fouet, la plupart sont prêts à crier grâce. Quant à la moitié de l'assistance épargnée, elle est d'abord paralysée par l'étonnement. Une seule d'entre elles s'est mise à m'encourager de la voix et à rire du show qui lui est tout adressé. Les autres en effet me regardent hébétées, certaines se protègent le visage, d'autres se cachent derrière des meubles. Mais quand enfin j'ai réussi à pousser devant moi le tas mouvant de corps des ennemis de l'amour et à les chasser du temple à travers la porte maintenue ouverte par Manastabal, mon guide, qui se tient solennelle sur le seuil, son rayon laser à la main, telle l'ange à la porte du paradis terrestre, et que tous ont filé, alors un chœur de protestation et d'insultes s'élève derrière mon dos :

(Qu'est-ce que c'est que ce cirque ? Tu te prends pour

la reine Victoria ou quoi ? Va-t'en jouer les redresseurs de tort à Castro car c'est là qu'est ta place, joue donc les Zorros, tu les feras bien rire. Vole au secours des petits garçons qui sont en proie aux détourneurs d'enfants. Crois-tu que je ne sache pas ce que je fais ? Cela s'appelle vendre ses charmes. Crois-moi, mieux vaut vendre ses charmes que vendre ses larmes, or c'est ce qui m'attend sinon. Merci pour ton sermon moralisateur sur l'amour. Appelle ça comme tu voudras, pour moi c'est le turbin. Et je considère que toutes celles qui se font enfiler ramoner triquer raboter gratuit sont des jaunes et qu'elles sabotent le travail de façon écœurante. Grâce aux professions libérales, cléricales, enseignantes et j'en passe, il y en a de plus en plus qui font ça pour rien, rendant problématique tout progrès social, tout en croyant œuvrer pour la liberté. Et toi, Wittig, tu ne fais rien pour arranger les choses, car comme émissaire du fléau lesbien tu bats tous les records, toi qui te paies une séance de père fouettard au temple de l'amour. Tu sais combien ça va te coûter ?)

XXXIV

Le dragon manquerait à cette histoire s'il n'existait par milliers. Les dragons ont les yeux jaunes, les joues

blanches, la bouche grise, et leurs langues pendent et bavent. Ils ont à leurs tempes des cornes de chèvre. Leurs crocs sont très longs et leur gueule s'ouvre de temps à autre pour cracher des flammes. Les dragons sont couverts de poils rugueux, ils avancent de façon pataude et ils ont pour cri une espèce de ricanement. C'est à coup sûr dans le désert à l'endroit où le sable est formé par le vent en lames de faux qu'on les rencontre, mais ce n'est pas en tant qu'alliés. S'ils se tiennent à cet endroit c'est à cause des allées et venues, des passages et de la circulation qui s'y pratiquent. Leur pelage, ayant la même couleur que le sable, les rend invisibles aussi longtemps qu'ils ne bougent pas. Et en effet ils peuvent rester immobiles comme des pierres un jour entier s'il le faut. Cependant qu'une âme damnée hésite, qu'une traînarde se retrouve seule et les dragons leur sautent dessus pour les dévorer. Manastabal, mon guide, dit :
(De tout temps il a fallu combattre les dragons. Et maintenant même il n'y a pas moyen de s'y soustraire.)
Et c'est vrai qu'il faut à tout moment se transformer en saint Georges et revêtir une armure noire et étincelante pour livrer bataille aux dragons. Il arrive qu'on leur retire in extremis de la gueule toute imprudente qui s'y trouve et à qui parfois il manque déjà une jambe ou un bras car ils ont la dent leste. Contre les dragons je vais à la mitraillette mais leur nombre se renouvelle sans cesse. Pour dix que j'abats, il en repousse vingt. Les dragons guettent en particulier les fugitives qui se tiennent entre

l'enfer et les limbes car rien ne leur échappe des fluctuations et des mouvements qui prennent place sur cette ligne. Là, certaines fugitives dans leur incertitude à quitter l'enfer et leur peur de trouver pire (pire ?), bivouaquent, établissant des feux et passant la nuit à griller des châtaignes et à boire du vin. Dès que la nuit tombe, les dragons fondent sur ces campements précaires, faisant force carnage puisque les âmes damnées sont venues les mains vides, sans armes. Comme la bête du Gévaudan devenue toute ronde après avoir mangé tant de monde, ils s'arrondissent en une nuit et s'affalent près des feux, le mufle dans le sang. Si alors on peut les abattre sans peine, il est déjà trop tard, ils ont le ventre plein des nôtres. C'est pourquoi chaque nuit on entend sonner l'alerte aux dragons par le moyen de cornes de brume en grand nombre et leurs sons se répéter à intervalle. Chaque nuit en effet il y a des sentinelles dont Manastabal, mon guide, qui parcourent la ligne du désert entre l'enfer et les limbes, allant et venant, donnant de la lumière avec des torches électriques, soufflant dans leurs cornes de brume.

XXXV

(Pourquoi viens-tu dans ce cercle si ce n'est pour te moquer de mes malheurs, toi qui n'appartiens à personne et aimes tes pareilles ? Il devrait y avoir une décence élémentaire pour t'empêcher d'approcher de celles de même sexe que toi qui souffrent aux mains d'un maître particulier. Viens-tu évaluer les coups que j'ai reçus ? Faut-il que tu dénombres mes marques, que dis-je, mes organes éclatés (rate, vessie), mes os brisés (crâne, côtes, jambes, bras, mâchoires, hanches), mes claudications, mes dents cassées, mes muscles et mes ligaments froissés, distordus, mes plaies et mes déchirures ? Ou t'intéresses-tu davantage aux armes, instruments et outils qui ont été utilisés pour me défigurer et me mutiler, pour me plonger dans la terreur la plus totale, pour me faire filer doux ? Dans ce cas il s'agit de tout ce que tu peux imaginer. Inscris donc sur tes tablettes pêle-mêle, fusil, couteau, bistouri, rasoir, cordes, chaînes, bâton, fouet, coup de poing américain, batte et j'en passe. Si ce sont les circonstances et leurs modalités qui font l'objet de ton enquête, qui a été tabassée et battue à mort, à coups de poing et de pied, qui a été égorgée, qui a été étranglée, qui a été réduite à la dernière extrémité par la menace d'un fusil.)
Une fois de plus en tant que préposée au dialogue, je suis

en butte à leurs invectives et à leurs insultes, tandis que Manastabal, mon guide, dispose les pansements, les onguents, les attelles, les aiguilles hypodermiques, les médicaments, ouvrant sa trousse et sortant les instruments à couper et couturer, sans les regarder, sans même sembler prêter attention à leurs discours. Voici ce qu'elles disent :

(Toi qui mènes ta vie comme tu l'entends et t'en enorgueillis, que viens-tu chercher ici ? Sache que dans la prison où je marche entre quatre murs en traînant les pieds sur les lattes du plancher, il se met à me frapper méticuleusement, à coups de lourdes bottes, dans les tibias d'abord, puis sur les cuisses, le sexe, ses bottes frappant toujours plus haut, au fur et à mesure que mon corps se plie, se recroqueville et s'enroule, tandis que ma chair s'ouvre à des méduses acides dont les brûlures étendent de plus en plus leur filet et lacèrent avec leurs tentacules et que au milieu de cette volée de coups en hauteur il s'opère dans la chair un rayonnement subtil s'immisçant dans la tête, la nuque et derrière les yeux, alors tout mon corps devient une masse molle, étrangère, reliée à soi par la seule douleur, les coups de pied pourtant continuent de frapper de plus en plus haut, le ventre, le torse, les côtes, la tête, jusqu'à ce que je bute contre le plancher avec le sentiment que la dislocation intérieure a atteint sa limite, mais il y a un choc de nouveau, des coups de pied dans les yeux, sur la bouche, sur le nez avant que, gisant sur le sol tuméfiée et

sanglante, je cesse de voir et que tout devienne obscur.)
Je les regarde et elles n'ont pas figure humaine. J'écoute
leur voix se faire un chemin à grand renfort de raucités,
enrouements, couacs, gargouillis, sifflements, dans la
masse de leur corps mise sens dessus dessous par la
torture et les coups. Les récits dans lesquels elles sont les
victimes désignées, se multiplient et se diversifient. Il
s'avère qu'en matière de coups et blessures elles sont des
experts et ont une connaissance complète et détaillée.
Rien ne leur est étranger de ce qui est assener des coups,
assommer, frapper à bras raccourcis, casser le nez, les
reins ou la tête, enfoncer les côtes, charger, cogner,
étriper, rosser, malmener, rouer de coups, rompre bras
et jambes, fouler aux pieds. Elles n'ignorent rien des
blessures, des plaies ou des contusions qu'elles soient
produites par écrasement, explosion, choc, battement,
percussion, brisure. Elles savent tout du bâton, du
gourdin, de la trique, de l'assommoir, du jonc, de la
cravache, du pieu, de la crosse de fusil, de la masse, de
la matraque, des verges, du nerf de bœuf, de la schlague,
de l'aiguillon. Elles s'y connaissent aussi bien en armes
blanches (couteau, coutelas, hache, poignard, sabre,
épée, rasoir, tranchoir, scie, pic à glace, ciseaux) qu'en
armes à feu (revolver, fusil, mitraillette), détaillant à
l'envi l'affûtage des unes et la recharge du magasin à
balles des autres. Elles racontent perçage, dépeçage,
découpage, entaillage ou criblage à balles et, quel que
soit leur état, elles n'hésitent pas à le redoubler de leurs

121

dires. Les voyant à tel point amochées et dans un état si piteux que seuls des soins immédiats semblent importer, voulant leur épargner tout effort, j'essaie de les faire taire. Mais Manastabal, mon guide, tandis qu'elle palpe des os, tâte des organes, répare des ligaments, remet en place des membres luxés, m'enjoint de les laisser parler car dit-elle :
(Il est bon de mesurer par la parole l'étendue du tort qu'on vous a fait.)

XXXVI

On arrive à l'endroit du fleuve Achéron où l'eau s'assombrit, les arbres sont vert foncé et les rochers comme de l'ambre et du jais brillent de tous leurs silices. Manastabal, mon guide, me désigne le courant opaque qui se détache sur le cours transparent du fleuve et qui dans le mitan forme un ruisseau noir et jaune, jusqu'à ce que toute la rivière elle-même, étincelante à ses brisures, ait tourné à l'ambre et au jais. Manastabal, mon guide, dit :
(Les larmes qu'on verse pour les mortes sont noires et jaunes. Voici le fleuve qu'elles forment et qui tel quel traverse l'enfer.)
Je vois son cours sombre et turbulent s'engouffrer sous

122

terre au pied d'une falaise surmontée de pins parasols. Sur une des plages il y a une embarcation longue et plate où Manastabal, mon guide, m'invite à prendre place tandis que, cette fois-ci, elle se réserve le gouvernail. Je lui demande si c'est une navigation souterraine qu'on se dispose à entreprendre. Et sur sa réponse affirmative, je lui demande d'en être dispensée, étant donné mon peu d'enthousiasme pour tout ce qui est grotte, cave, galerie souterraine, boyau. Il faut pour aller où on va, Wittig, qu'on longe sous terre le fleuve des larmes qui sont versées pour les mortes, jusqu'à son embouchure de l'autre côté de la montagne qu'il traverse.)

Et sans plus écouter mes admonestations, Manastabal, mon guide, donne un coup de pagaie contre le sol pour faire glisser l'embarcation sur l'eau. Après plusieurs tournoiements sur elle-même, la barque suit le milieu du fleuve, dirigée par Manastabal, mon guide, debout à l'arrière tandis qu'à l'avant je me tiens couchée à plat ventre, braquant ma lampe de poche dans la direction où on se déplace. L'obscurité devient bientôt si totale que la lumière de ma lampe ne peut la percer qu'en longs faisceaux et que, comme le plus souvent je ne reconnais pas les formes qui arrivent à ma vision, elles n'apportent rien à ma connaissance. Je pourrais parler des plages entrevues et de leur sable brillant à l'endroit où l'élargissement de la vallée rocheuse forme des anses. Je pourrais parler des rocs, des promontoires, des îlots, des arbres étranges, des souches le long des berges. Je pourrais parler des colonies de chauves-souris dérangées par le passage de la barque et tournant sans bruit en nuages. Je pourrais parler des oiseaux à une seule aile qui volent comme des torchons battus et qu'on voit dormir au bord des falaises, enroulés dans leur aile unique comme dans un sac de couchage. Je pourrais parler des cornets qui se tiennent à l'endroit sur leur base par laquelle ils se nourrissent, tandis qu'ils regardent par leur extrémité pointue, dressée et perpendiculaire au sol. Mais je ne suis sûre de rien. Comme je m'endors plusieurs fois il me semble que le voyage dure. L'embarcation avance régulièrement. L'eau brille sous la lumière de ma lampe. De temps en temps Manastabal, mon guide, m'adresse la parole :

(Touche-la. C'est la température des larmes.)

Et je m'émerveille car elle est chaude au toucher et amollit les muscles de mes bras que j'y plonge jusqu'au coude. À un moment donné, un bouillonnement et un sifflement annoncent que la température de l'eau approche de l'ébullition. Puis, à un détour du fleuve, derrière une falaise rocheuse, la lumière du jour arrive à flots, exposant à la vue des prairies le long des berges devenues plates. Manastabal, mon guide, au lieu d'y accoster, dirige l'embarcation tout droit vers une grande île de la rivière avec une montagne au milieu. Je lui rappelle donc l'épisode de la montagne à aimant, croyant à coup sûr qu'on est bonnes pour un plongeon instantané. Mais Manastabal, mon guide, me montre à la pointe de l'île

la proue rocheuse contre laquelle les eaux du fleuve butent pour se diviser en deux cours, l'un d'ambre liquide, l'autre de calcédoine noire, d'onyx en fusion ou de jais. Je regarde les liquides en ébullition à l'amont se refroidir ici et se gélifier. Déjà au-delà du point où Manastabal, mon guide, a amarré la barque, des gros blocs d'ambre solide sont visibles d'un côté tandis que de l'autre c'est l'onyx et le jais qui se gélifient. Je me rue de tout côté pour essayer de saisir la matière avant qu'elle soit totalement solidifiée et tombe au fond. Pendant ce temps-là, Manastabal, mon guide, occupée dans la barque, dispose de grands filets de pêche. Ma jubilation est si grande que je peux à peine parler. Je dis :
(Ah Manastabal mon guide, tu parles d'une pêche miraculeuse. Ainsi donc les larmes versées pour les mortes vont payer pour la liberté des vivantes. Que je te suis reconnaissante de m'avoir fait faire ce voyage.)
On pêche tout le jour à coups de filets les pierres miraculeuses au fur et à mesure qu'elles se gélifient et sans attendre leur point de solidification. Mais, solides, la calcédoine, l'ambre, l'onyx et le jais le deviennent dans les filets, et lourds à porter. De plus, il faut attendre longtemps avant que le renouvellement des cours d'eau provoque de nouveaux épaississements de sa surface. À un moment donné la barque s'enfonce sous le poids des larmes. C'est alors seulement qu'on se dispose à retourner vers la cité et qu'on se dirige vers le tunnel dans la montagne tandis que le soleil se couche, irradiant le

fleuve d'une lumière noire et dorée. Je change la pile de ma lampe de poche.

XXXVII

Des samares dans leur vol descendant, tels quels, les mots tombent par mille, l'air en est empoissé. Des ailes de papillon au battement doux, tels quels, ils frôlent les yeux par milliers. Des feuilles se détachant des arbres en une nuit, tels quels, ils tombent silencieux, enflant ou s'amoindrissant dans leurs formes. Des flocons de dissemblable densité, obscurcissant le ciel visible entre leurs espaces en longs éclats bleus, tels quels ils s'appesantissent jusqu'à toucher terre. Jamais leur présence physique ne m'aura causé une joie plus parfaite. Je dis :
(Je tends vers toi mon beau paradis.)
Quand je me tourne vers Manastabal, mon guide, pour lui parler du phénomène, je ne l'aperçois que par intervalles dans les trouées de bleu causées par la discontinuité de la chute des masses noires. À un moment donné, les mots s'agitent, bruissent et leur tombée, à la fois plus lente et plus rapide, à la fois s'accélère et se ralentit. Je les vois faire des méandres de vol et s'en aller au hasard. Bientôt il n'y en a plus un seul et le ciel dans

toute sa largeur me claque à la figure. Je demande à Manastabal, mon guide, d'où vient le manque de mots si subit qu'il fait du ciel un figement bleu. Je dis :
(C'est comme une hémorragie à l'envers.)
Et Manastabal, mon guide :
(Ou encore l'envers du paradis.)
Sans l'ardente espérance de voir réapparaître leur foule brillante et ailée, nul doute que je tomberais du ciel sur-le-champ, entraînant Manastabal, mon guide, dans ma chute. Ma mémoire est pressée comme une menbrane élastique et je vacille de tout côté. Mais avant que j'aie besoin de rien dire et même qu'on ait le temps de dégringoler dans l'abîme, celle qui est ma providence apparaît à mes côtés, disposée à me transporter sur son dos au septième ciel, d'où il paraît qu'on ne court aucun risque de redescendre.

XXXVIII

Je n'ai pas besoin ici de poser des questions. Je n'ai même pas à redouter les insultes qui généralement les accompagnent. Ici au contraire on m'invite à entrer dans le cercle et à m'y asseoir en compagnie de Manastabal, mon guide, pour prendre connaissance des faits. Ici les griefs sont exposés librement, on n'a pas à les souffler à des créatures qui font comme si on les avait inventés. Ici au contraire on est prêt à déjouer le mécanisme et à sortir du piège. On a des poings pour toutes celles des autres cercles de l'enfer qui n'en ont pas et on est prêt à en user. Elles disent par exemple que, de l'intérieur des maisons où elles se tiennent, elles les entendent rire dans les rues la nuit. Elles disent qu'elles les entendent jurer, faire des interjections, s'exclamer, vociférer, beugler, clabauder, brailler, gueuler, criailler, jacasser, glapir, s'ébrouer, trompeter. Leurs voix traversent les murs et les rideaux épais, leurs paroles roulent le long des vitres. Elles disent que, comme ce sont eux qui occupent, il n'est pas possible de les oublier un seul instant. Elles disent qu'ils prennent leurs autos, leurs motos, leurs camions, leurs avions et pétaradent, klaxonnent, démarrent à grand bruit, font marcher les réacteurs, accélèrent, font ronfler les moteurs. Elles disent qu'ils ne se gênent pas du tout, qu'ils vont et viennent sous leurs fenêtres, faisant claquer leurs semelles sur le macadam, élevant la voix. Elles disent que si ceux qui occupent n'ont pas à baisser la voix, elles, elles se taisent jusqu'à ce qu'ils soient passés et se terrent. Elles disent qu'ils ne manquent pas de passer de nouveau et que, comme ils sont aussi nombreux qu'elles, il n'y a pas de fin. Elles disent qu'ils entrent dans les immeubles et qu'ils font avancer la concierge devant eux en la poussant rudement. Elles disent qu'ils la forcent à prendre son passe-partout. Elles disent qu'ils montent les étages à l'heure des repas et s'installent un par un dans les appartements. Elles disent qu'il faut, séance tenante, leur fournir un repas, les écouter parler, leur préparer un bain, des vêtements propres, un lit. Elles disent que si quelqu'une résiste à leur ouvrir la porte, une poussée dure dans le dos de la concierge la force à utiliser son passe-partout. Elles disent qu'il n'y a pas moyen de faire autrement, que le service est obligatoire. Elles disent que certaines se font porter malades à l'heure des repas mais que rien n'y fait. Car pour un regard de travers, un soupir, ce sont immédiatement les coups. Elles disent que certaines prennent systématiquement la rue plutôt que du service, qu'il faut rempiler chaque jour de nouveau. Mais elles disent qu'elles courent sans cesse le danger d'être tuées par ceux qui occupent comme ils tirent sur tout ce qui bouge et n'a pas leur uniforme. Elles disent que certaines trouvent leur appartement mis à sac quand elles rentrent au petit jour avec des marques de bottes sur les draps et des vomissures étalées à partir de grands jets sur les murs.

XXXIX

Quand tout est prêt pour la grande bouffe et que sur les tréteaux les nourritures sont disposées, on les fait venir en masse pour les forcer à regarder. La musique sonne. Les odeurs des mets sont redoublées par des vaporisations constantes autour d'elles de senteurs propres à exciter l'appétit ainsi que par des fumigations de plantes odoriférantes. Les affamées se tiennent debout à bonne distance, sous la menace des fusils et des fouets, tremblant sur leurs jambes, avec des larmes qui leur coulent sur les joues et de la salive qui insensiblement de leur bouche s'étend à leur menton. Elles se tendent de toutes leurs forces cependant et, formant des chaînes, elles s'exhortent mutuellement à résister à l'odeur et à la vue de la nourriture. S'il arrive qu'une d'elles, lâchée, se dégage de ses voisines et se rue dans un cri vers une des tables, aussitôt un fouet claque ou le chien d'un fusil se rabat, une détonation éclate et le plus souvent l'imprudente est massacrée. À la fin de la cérémonie on les chasse à coups de crosse de fusil sans qu'aucune d'elles ait pu toucher à la nourriture. Un long ululement bas et rauque s'élève de leur foule tandis qu'on les fait sortir du palais de la bouffe, certaines s'étranglant de faim. Au débouché de la salle du banquet, il y a des avocatiers, des baobabs, des orangers et des citronniers répartis sur une place de forme géométrique et l'ombrageant. Mais à quelques pas de là tous les arbres, buissons, arbustes ont été défeuillés, leurs troncs et leurs tiges sont à moitié brûlés et le liquide utilisé pour la défoliation ne laisse rien repousser sur la terre nue. Pour arriver aux cabanes qu'elles habitent il faut traverser une esplanade découverte, grise de poussière, battue par les pieds nus. Ainsi on a fait le désert autour d'elles afin de mieux observer chacun de leurs mouvements. Les reptations entreprises soit pour rechercher ce qui peut faire office de nourriture, par exemple des insectes, particulièrement les mouches et les fourmis, ou une plante improbable qui repousserait, soit pour se soulager les entrailles, soit pour tenter d'approcher en douce du palais de la bouffe, sont observées dans leurs moindres péripéties et détails par des gardes munis de jumelles en haut de miradors. Il n'y a pas moyen même en avançant mi-plié d'échapper aux regards. Chaque geste est perçu, relevé, signalé. Le jour s'écoule au milieu des gémissements, des clameurs de faim, des supplications, des invectives, car, bien qu'il ne soit pas visible depuis les habitations, le palais de la bouffe occupe l'attention générale sans relâche. Si vers la fin de l'après-midi quelqu'une, à bout d'effort, ne pouvant résister à l'attraction de la nourriture, parvient à sortir sans se faire remarquer et à se traîner le long de l'esplanade, elle est aussitôt abattue par un des gardes tirant du haut d'un mirador. Enfin dès que le soleil est couché, ils arrivent d'ailleurs dans leurs camions. Leurs rires et leurs exclamations s'entendent de partout tandis qu'ils parquent les véhicules, claquent les portes, et avancent en foule vers le palais. Ensuite ils s'empiffrent, ils boivent le vin, ils mangent les viandes et les fruits, se réjouissant dans des grands rires heureux. Des haut-parleurs dispersés dans la ville amplifient leurs cris, leurs rires, leurs paroles et exclamations mais surtout le bruit des couteaux et des fourchettes, le bruit des plats qu'on sert et qu'on dessert, le bruit des bouteilles qu'on débouche et des verres qu'on heurte. Quand à la fin de la nuit elles sont une fois de plus amenées au palais de la bouffe, c'est pour consommer comme des charognards les restes du banquet des autres, les rognures, les os à moitié rongés, les peaux, les graisses, les cartilages, les légumes saccagés, les fruits entamés, les épluchures. Certaines assiettes sont pleines de vomi, d'autres de cendres et d'autres encore de mets à moitié mâchés. Alors les liquides qu'elles prennent deviennent dans leur bouche solides comme des pierres. Elles ne peuvent ni mastiquer ni avaler la nourriture. Leur salive est amère mêlée aux aliments et dans leur estomac il n'y a que des aigreurs et du vent.

XL

Je marche dans l'enfer et les limbes d'où je ne sortirai que par l'autre côté quand je les aurai traversés dans leur entier suivant la promesse faite à Manastabal, mon guide. Et s'il m'a fallu pour ce faire dégringoler d'auprès du plus beau des anges, je ne lui en dis pas moins :

(Je tends vers toi du plus profond de l'enfer ou même dans les limbes, car tu es ma providence, chérubin qui sièges dans l'assemblée céleste.)

Une fois de plus je me retrouve à mon point de départ, le désert au milieu de la terre, une aire de surface battue avec du sable en forme de lames, déposé par le vent. C'est un endroit familier désormais et sans plus attendre Manastabal, mon guide, je me dispose à m'endormir, enroulée dans ma couverture, avec mon fusil sous ma tête. Un gigantesque déplacement d'air dont la cause n'est pas le vent me réveille. Je braque ma lampe de poche autour de moi. Mais c'est par-derrière en me sautant sur le dos que l'ange m'attaque. On ne peut pas dire pourtant qu'on en voit beaucoup par ici. Je l'appelle par son nom, cependant que, sans desserrer les dents, l'ange me presse durement, me bat les flancs de ses pieds enfin me malmène de toutes les façons sans que je puisse la faire démonter. À un moment donné je parviens à saisir ses boucles à la poignée et à la faire basculer par-dessus ma tête. Alors c'est la bataille face à face, presque à tâtons, tantôt du pugilat, tantôt du corps à corps, tantôt des jetés par terre, des prises de judo, des clés, des fauchages, tantôt des coups de karaté, des shutos, des maygiris. Je lutte de toutes mes forces, car l'ange attaque de plus en plus serré.

(Ah – dis-je – tu sais bien que je n'ai pas la force et l'entraînement nécessaires.)

Mais il ne s'agit pas d'un jeu entre l'ange et moi puisqu'il

y va de ma vie. Le combat se déroule pendant toute la nuit et plusieurs fois je mords la poussière. Le chérubin se redresse alors et attend que je me refasse, un peu à l'écart, en boxant l'air de ses poings et de ses pieds, comme pour se réchauffer les muscles. Je n'attends rien de bon de l'issue de ce combat et le mutisme absolu de l'ange agit sur moi avec force. Cependant, après quelques heures de ce combat soutenu, mes forces semblent s'augmenter chaque fois que la bataille reprend. Vers la fin de la nuit je peux enfin m'assurer de l'ange et lui faire mordre la poussière à son tour. Mais en même temps que je la vois se relever, je la vois disparaître en s'éloignant dans l'obscurité. Au lieu de me jeter à sa poursuite, je me laisse tomber à terre, incapable de bouger, les os rompus, les muscles battus, et le sommeil me prend. Je me réveille au matin pour voir Manastabal, mon guide, à quelques pas, veillant sur mon sommeil. Une fois que je lui ai eu raconté la bataille avec l'ange, Manastabal, mon guide, dit :
(L'ange a éprouvé ta force pour le paradis comme on n'y entre pas sans. Et toi, Wittig, tu l'as prise pour le seul ange que tu connaisses.)

XLI

On marche dans le désert là où le sable forme des lames
de faux sur les surfaces battues. J'avance, à la hauteur de
Manastabal, mon guide, dans la foule nombreuse de
celles qui ont effectué le passage de l'enfer. Il y en a de
toute sorte et leur contingent bigarré se déplace sans
ordre, martelant le sol. Il m'est donné à la fin de con-
templer les âmes damnées avec de la promptitude au
visage, une démarche alerte et quelque relief dû à leur
annexion de la troisième dimension à leur monde.
Malgré l'allégresse manifeste dans les gestes et les regards, la foule est silencieuse et tous les yeux sont fixés
au plus loin. Le vent, d'ailleurs, presse sur la figure,
empêchant tout son de sortir de la bouche. L'espace
circulaire autour de l'immense étendue plate semble
engloutir le nombre des marcheuses qui avancent au
ralenti en s'appuyant de tous les muscles contre le
volume de l'air. À un moment donné le vent cesse de
souffler. Une buée brillante se répand, dérobant les unes
à la vue des autres. Elles s'épaissit et se dissipe tout à la
fois. Entre les lambeaux cotonneux du brouillard, un
autre paysage émerge que je reconnais aussitôt à ses
formes et à ses couleurs. Des terrasses basculant devant
des troncs de pin touchés par la lumière ocre éclatant
passent tout à coup comme en gros plan. L'air embaume.
Il a la soudaine élasticité particulière à ce lieu qui le fait
percevoir résistant et mou à la fois. Mon poids s'allège.

C'est en jubilant que je dis :

(Qui aurait cru qu'il serait aussi simple d'entrer au paradis ?)

Le commentaire de Manastabal, mon guide, est :

(Le plus court chemin d'un point à un autre est la ligne droite.)

Mais là à l'arrivée de la foule se tiennent les anges, archanges et séraphins, celle qui est ma providence, la première, comme à la sortie d'un avion. Aussitôt des cris de reconnaissance, des salutations, des félicitations, des complaintes, des encouragements éclatent. Des mains sont serrées, des épaules sont touchées, des torses sont étreints, des baisers sont donnés. Bien que celle qui est ma providence s'approche de moi, aucun obstacle ne surgit, aucune chute ne s'ensuit. C'est donc le paradis palpable sensible souverain. J'y cours, j'y vole s'il est vrai que c'est ici et maintenant que prend fin ma longue pérégrination dans l'enfer.

XLII

Les anges à moto débarquent sur les lieux alors que dans les champs on en entend d'autres chanter, Soupe, belle soupe du soir. Au milieu de l'esplanade il y a une cuisine de plein air autour de laquelle vont et viennent des anges portant les divers ustensiles, les casseroles, les seaux, les chaudrons, les bassines, les cuves, les poêles, les plats, les écumoires, les louches, les fourchettes et les cuillers à pot, les couperets, les hachoirs, les couteaux, les coutelas, les tranchoirs, les paroirs, les fusils, les broches, les lardoires, les haches, les crocs, les marteaux. Des mouches et des guêpes volent, touchées par les rayons du soleil oblique à l'horizon. Des anges musiciens groupés sous des madrones et des pins maritimes jouent de la clarinette, du piano, du saxophone et de la batterie. Les sommets et les bords des collines sont à la fois rose tyrien, pourpres, rouge écarlate et cramoisi, violets, mauves, bleu clair brillant, verts et dorés. Les bateaux sont visibles dans le port ainsi que de nombreuses voiles blanches, qui rentrant de l'océan, passent par la porte Dorée et parcourent la baie. La lumière bleue, argentée, ocre, orange, jaune éblouissant, transforme en prisme la résine le long des pins, se diffracte sur les feuilles d'eucalyptus, se masse en un tunnel éclatant à l'entrée des branches les plus basses, plumette sur la poussière en suspension, ou bien elle devient impalpable, lisse, tendue, étincelante, faisant percevoir le ciel tout concave et immense. Toute sorte d'oiseaux traversent les lieux, certains ne faisant que passer, d'autres s'y attardant et s'y ébattant. Il y a des hirondelles, des oiseaux-mouches, des geais bleus, des corbeaux, des perdrix, des merles, des pélicans, des mouettes, des cormorans, des grèbes, des plongeons, des orfraies, des hérons, des aigrettes. Ils

trissent, chuchètent, cajolent, croassent, cacabent, sifflent, crient, trompettent à grand bruit et ramage. Leur
concert se joint et s'ajoute à la musique des anges et à
leur parler serein. Les aliments sont à cuire, mettre au
feu, bouillir, rôtir, griller. Il y a les fours, les fourneaux,
les broches, les grils, les braseros pleins de charbon.
Certains anges ont les manches retroussées. Leur figure
est cramoisie du reflet sur leurs peaux noires et dorées
des braises ardentes et des flammes. L'aneth odorant, le
cumin, l'origan, le thym et le romarin sont brûlés par
grandes bottes sèches et ce qu'il y a de graine, une fois
grillé, est jeté dans les tamis avec le coriandre et le
sésame. Quand on la considère à quelque distance, toute
l'activité semble tenir dans les déplacements, les allées
et venues, les circulations, les montées et les descentes
à flanc de colline, les traversées latérales et diagonales,
les progressions le long de la pente raide, les courses, les
avancées et les reculs, les évolutions et les piétinements.
Des anges passent à présent portant sur leurs épaules des
paniers et des caisses de fruits. Elles les disposent ensuite
au centre de la cour dans des entassements géométriques. Il y a des cerises, des fraises, des framboises, des
abricots, des pêches, des prunes, des tomates, des avocats, des melons verts, des cantaloups, des pastèques, des
citrons, des oranges, des papayes, des ananas et des noix
de coco. À un moment donné, un chérubin seins nus
sonne la trompette pour annoncer que tout est prêt pour
la cuisine des anges.

CET OUVRAGE A ÉTÉ ACHEVÉ D'IMPRIMER EN NUMÉRI-
QUE LE VINGT DÉCEMBRE DEUX MILLE QUATORZE DANS
LES ATELIERS DE NORMANDIE ROTO IMPRESSION S.A.S.
À LONRAI (61250) (FRANCE)
Nᵒ D'ÉDITEUR : 5756
Nᵒ D'IMPRIMEUR : 1401057

Dépôt légal : janvier 2015